传世励志经典

家书谱传承

中国古代励志家书

原 野 编著

中华工商联合出版社

图书在版编目（CIP）数据

家书谱传承：中国古代励志家书/原野编著. --
北京：中华工商联合出版社，2015.7
　ISBN 978-7-5158-1363-9

　Ⅰ. ①家… Ⅱ. ①原… Ⅲ. ①书信集－中国－古代
Ⅳ. ①I262

　中国版本图书馆 CIP 数据核字（2015）第 148166 号

家书谱传承
——中国古代励志家书

作　　者：	原　野
出 品 人：	徐　潜
策划编辑：	魏鸿鸣
责任编辑：	林　立
封面设计：	周　源
营销总监：	曹　庆
营销推广：	王　静　万春生
责任审读：	郭敬梅
责任印制：	迈致红
出版发行：	中华工商联合出版社有限责任公司
印　　刷：	天津旭丰源印刷有限公司
版　　次：	2015 年 11 月第 1 版
印　　次：	2023 年 4 月第 4 次印刷
开　　本：	710mm×1020mm　1/16
字　　数：	200 千字
印　　张：	14.5
书　　号：	ISBN 978-7-5158-1363-9
定　　价：	49.80元

服务热线：010－58301130
销售热线：010－58302813
地址邮编：北京市西城区西环广场 A 座
　　　　　19－20 层，100044
http://www.chgslcbs.cn
E-mail：cicap1202@sina.com（营销中心）
E-mail：gslzbs@sina.com（总编室）

序

为了给《传世励志经典》写几句话，我翻阅了手边几种常见的古今中外圣贤大师关于人生的书，大致统计了一下，励志类的比例，确为首屈一指。其实古往今来，所有的成功者，他们的人生和他们所激赏的人生，不外是：有志者，事竟成。

励志是动宾结构的词，励是磨砺，志是志向，放在一起就是磨砺志向。所以说，励志不是简单的立志，是要像把刀放在石头上磨才能锋利一样，这个磨砺，也不是轻而易举地摩擦一下，而是要下力气的，对刀来说，不仅要把自身的锈磨掉，还要把多余的部分都要毫不留情地磨掉，这简直是一场磨难。所有绚丽的人生都是用艰难磨砺成的，砥砺生命放光华。可见，励志至少有三层意思：

一是立志。国人都崇拜的一本书叫《易经》，那里面有一句话说："天行健，君子以自强不息。"这是一种天人合一的理念，它揭示了自然界和人类发展演化的基本规律，所以一切圣贤伟人无不遵循此道。当然，这里还有一个立什么样的志的问题，孔子说："士不可以不弘毅，任重而道远。"古往今来，凡志士仁人立的都是天下家国之志。李白说：大丈夫必有四方之志，白居易有诗曰：丈夫贵兼济，岂独善一身，讲的都是这个道理。

二是励志。有了志向不一定就能成事，《礼记》里说："玉不琢，不成器。"因为从理想到现实还有很大的距离。志向须在现实的困境中反复历练，不断考验才能变得坚韧弘毅，才能一步一个脚印地逐步实现。所以拿破仑说：真正之才智乃刚毅之志向。孟子则把天将降大任于斯人描述得如此艰难困苦。我们看看历代圣贤，从世界三大宗教的创始人耶稣、穆罕默德、释迦牟尼到孔夫子、司马迁、孙中山，直至各行各业的精英，哪一个不是历经磨难终成大业，哪一个不是砥砺生命放射出人生的光芒。

三是守志。无论立志还是励志都不是一朝一夕、一蹴而就的，它贯穿了人的一生，无论生命之火是绚丽还是暗淡，都将到它熄灭的最后一刻。所以真正的有志者，一方面存矢志不渝之德，另一方面有不为穷变节、不为贱易志之气。像孟子说的那样："富贵不能淫，贫贱不能移，威武不能屈。"明代有位首辅大臣叫刘吉，他说过：有志者立长志，无志者常立志，这话是很有道理的。

话说回来，励志并非粘贴在生命上的标签，而是融汇于人生中一点一滴的气蕴，最后成长为人的格调和气质，成就人生的梦想。不管你做哪一行，有志不论年少，无志空活百年。

这套《传世励志经典》共收辑了100部图书，包括传记、文集、选辑。为励志者满足心灵的渴望，有的像心灵鸡汤，营养而鲜美；有的就是萝卜白菜或粗茶淡饭，却是生命之必需。无论直接或间接，先贤们的追求和感悟，一定会给我们带来生命的惊喜。

徐　潜

前　言

　　本书所收录的是自汉代至清代以来多位"成功人士"的家书信笺，这些"成功人士"包括刘邦、李世民、班固、曹操、司马光、陶渊明、欧阳修、白居易、曾国藩等。他们中有些人是我国历史上著名的政治家、军事家，有些人是改革家、文学家及著名诗人，他们还是各自领域及各自时代中当之无愧的佼佼者。

　　但和以往我们所知的他们有所不同，在本书中他们所扮演的是父亲、叔叔、兄长等平易近人、触手可及的家庭角色，在脱掉了龙袍、官服，褪去了庄重、铅华后，他们将温情、慈爱、自然、真实的一面以文字的方式呈现于我们眼前，也将最简单却也是最深邃的道理讲述给我们。

　　何谓成功？如何成功？何谓用功？如何用功？诸君可知其然？

　　何为仁义礼智信忠孝悌？诸君可知其意？

　　那么打开本书你便会知其然，亦知其所以然，所谓书中自有黄金屋，就要看你是否愿意打开这扇心灵的财富之门了。

　　对于处于现代的我们来说，提到忠君爱国或许会感觉距离遥远，不过家书中对于儿女的教育问题，就是一个近在咫尺的切实问题了。

作为一位父亲或母亲你可曾用正确的方法引导儿女行进在正确的路上呢？每天让孩子背着沉重的书包疲于奔命地辗转于各个补习班和兴趣班，是否就是你爱子的表现呢？不让孩子输在起跑线上是否就是你此举的初衷呢？

仅仅以结果为目的而忽略目标与过程，将是失败的教育。

不再多言，请看圣贤大儒如何于家书中为人父、为人兄，如何以身作则，如何以道义为首育子教儿吧。

目 录

手敕太子

刘 邦

吾遭乱世，当秦禁学①，自喜谓读书无益。泊践祚以来，时方省书，乃使人知作者之意。追思昔所行，多不是。

尧舜不以天下与子而与他人，此非为不惜天下，但子不中立耳。人有好牛马尚惜，况天下耶？吾以尔是元子，早有立意，群臣咸称汝友四皓②，吾所不能致，而为汝来，为可任大事也。今定汝为嗣。

吾生不学书，但读书问字而遂知耳。以此故不大工③。然亦足自辞解。今视汝书犹不如吾。汝可勤学习，每上疏宜自书，勿使人也。

汝见萧、曹、张、陈诸公侯，吾同时人，倍年于汝者，皆拜。并语于汝诸弟。

吾得疾遂困，以如意母子④相累。其余诸儿，皆自足立，哀此儿犹小也。

【作者简介】

汉高祖刘邦，公元前256～前195年，字季，沛县（今江苏沛县）人。中国历史上第一位平民出身的天子。早年是沛县泗水亭长。秦二世元年（前 209 年），陈胜、吴广起义，刘邦聚众响应，攻占沛县等地，称沛公。陈胜死，他与项羽一起抗击秦军主力。前 206 年，率军攻入咸阳，秦王子婴投降，秦朝灭亡。同年，项羽入关，封刘邦为汉王，据巴、蜀、汉中一带。不久，刘邦与项羽展开"楚汉战争"。前 202 年，击败项羽，即皇帝位，定都长安，建立汉朝。他继承秦制，实行中央集权制度。登基后灭韩信、彭越、英布、臧荼等异姓诸王，迁六国贵族和地方豪强于关中，以便控制。实行重农抑商、轻徭薄赋等政策。修改秦律，制定《汉律》九章。与匈奴采取和亲政策。前 195 年病逝于长乐宫，庙号太祖，谥号高皇帝。

【注释】

①当秦禁学：指秦皇焚书坑儒。

②四皓：秦末东园公、角里先生、绮里季、夏黄公避乱隐居商山，四人皆 80 岁有余，须眉皓齿，时称"商山四皓"。

③不大工：不大工整。

④如意母子：指刘邦宠姬戚夫人和儿子赵隐王如意。

【译文】

我遭遇动乱不安的时代，当时秦朝禁止百姓学习，我自己也认为读书没有好处。直到我登基以后要时常查看书籍，这才明白了作者的意思。回想以前的所作所为，实在有很多不对的地方。

尧和舜不把天下传给自己的儿子，却传给别人，这并不是因为不珍视天下，而是因为他们的儿子不适宜册立罢了。人们有品种良好的牛马，还都很珍惜，何况是天下呢？我因为你是嫡长子，早就有立你为嗣的心意，群臣都称颂你能与四皓为友，我曾经想邀请他们没有成功，今天却被你招来了，可见你足以担当重任。现在我决定立你为我的继承人。

我这辈子没有学书，不过是在读书问字时知道个大概而已。因为这样所以文辞写得不大工整，但也足以满足自己的表达和理解了。现在我看你写的书，还不如我。你应当勤奋地学习，每次献上的奏议应该自己写，不要让别人代笔。

你见到萧何、曹参、张良、陈平诸位公侯，他们都是与我同时代的人，年龄比你大一倍，都要依礼参拜，并且告诉你的各位弟弟。

我得病后很疲倦，把如意母子托你照顾。其余儿子，都足以自立，就可怜这个儿子还小。

勤学苦读

孔 臧

顷来闻汝与诸友生讲肄书传，滋滋①昼夜，衍衍不怠，善矣！人之讲道，惟问其志，取必以渐②，勤则得多。山霤至柔，石为之穿；蝎虫至弱，木为之弊。夫霤非石之凿，蝎非木之钻，然而能以微脆之形，陷坚刚之体，岂非积渐之致乎？训曰："徒学知之未可多，履而行之乃足佳。"故学者所以饰百行也。

【作者简介】

孔臧，约公元前201～前123年，鲁国（今山东曲阜）人，孔子第十一世孙，西汉文学家。武帝时，官至大长卿，一生重视治学。

【注释】

①滋滋：孜孜，勤勉不怠，很有兴趣。
②渐：渐进，逐渐。

【译文】

近来听说你与一些朋友讲习经传，一天到晚孜孜不倦，勤勉无懈，真是一件好事。一个人研究学问，只看他有没有坚强的意志。要获得知识，必须靠逐渐积累，越勤勉则得到越多。山间的流水是很柔顺的了，但石头却能被它凿穿；蝎虫是很弱小的了，但木头却能被它蛀坏。流水本来不是凿石头的铁凿，蝎虫也不是钻木头的钻子。但是，它们都能凭借微小脆弱的形体，征服坚硬的东西。这难道不就是逐渐积累造成的吗？古人教导说："仅仅学而知之还不够好，只有脚踏实地亲自去实践，才算得上最好！"所以，这正是学者爱好各种实践的原因。

东方诫子

东方朔

明者处世，莫尚于中；优哉游哉，于道相从。首阳①为拙，柱下为工；饱食安步，以仕代农②；依隐玩世，诡时不逢；才尽身危，好名得华；有群累生，孤贵失和；遗馀不匮，自尽无多：圣人之道，一龙一蛇；形见神藏，与物变化；随时之宜，无有常家。

【作者简介】

东方朔，公元前154～前93年，本姓张，字曼倩，平原厌次县（今山东惠民县）人，西汉辞赋家。汉武帝初，待诏公车，不久待诏金马门，为常侍郎，拜太中大夫给事中。性格诙谐滑稽，言辞敏捷善辞赋，常以正道讽谏武帝。因不得重用，故作《答客难》、《非有先生论》等，以抒发有才智但无法施展之苦闷，后世称之为"仙人"。《史记》、《汉书》均有传。《汉书·艺文志》杂家有《东方朔》二十篇，今散佚。

【注释】

①首阳：指隐居在首阳山的伯夷与叔齐。

②以仕代农：用仕宦代替农耕。

【译文】

明智人的处世态度，没有比容身避害更高的了。他可以从容自在地处世，随着世道的变化而变化。隐居在首阳山的伯夷、叔齐虽然清高，但却是笨拙的；而柳下惠不论世道如何，都不改常态，是精明的。衣食饱足，从容自在，可以用仕宦代替隐退耕作。即使身在朝廷，也能够怡然自得；即使不迎合时势，也能够避害全身。所以锋芒毕露的人将身心危险，有好名声的人将会有光彩的一生。结朋树党的人将会招来灾祸，自命清高的人会失去众人的响应。凡事都留有余地的人就能防患于未然，凡事都穷尽的人则不会有所盈余。因此圣人的处世之道，就像龙蛇一样时隐时现。形体显露于外而精神藏隐于内，随事物的变化而变化。随着时世的趋势而变化，并没有什么固定不变的家法。

诫子歆书

刘 向

告歆无忽：若未有异德，蒙恩甚厚，将何以报？董生有云：
"吊者在门，贺者在闾①。"言有忧则恐惧敬事。敬事则必有善功，
而福至也。又曰："贺者在门，吊者在闾。"言受福则骄奢，骄奢
则祸至，故吊随而来。齐顷公之始②，藉③霸者④之余威，轻侮诸
侯，跛蹇之客，故被鞍之祸，遁服⑤而亡。所谓"贺者在门，吊
者在闾"也。兵败而破，人皆吊之，恐惧自新，百姓爱之，诸侯
皆归其所夺邑。所谓"吊者在门，贺者在闾"也。今若年少，得
黄门侍郎，要显处也。新拜皆谢，贵人叩头，谨战战栗栗，乃可
必免。

【作者简介】

刘向，公元前 77～前 6 年，原名更生，字子政，沛（今江苏
沛县）人。西汉经学家、目录学家、文学家。汉皇族楚元王刘交
四世孙。曾任谏大夫、宗正、光禄大夫、中垒校尉等。校阅群
书，撰成《别录》，为我国最早的目录学著作。著有《说苑》、
《列女传》、《战国策》等。

【注释】

①闾：里门。

②之始：即位之初。

③藉：凭借。

④霸者：指齐桓公。

⑤遁服：偷换衣服。

【译文】

告诫歆儿不要忽视：如果你并没有特殊的德行，而蒙受优厚的皇恩，将用什么来报答呢？董仲舒有言道："吊丧的人到了家门口，贺喜的人就会到里门了。"这就是说有忧虑的事，心里就会怀有恐惧之心而恭敬本分地工作。恭敬本分地工作就一定会有好的功德，这样福气就会随之而来了。董仲舒又说："贺喜的人来到了家门口，吊丧的人就要到里门了。"这是说享福会使人骄傲奢侈，而骄傲奢侈就会招来灾祸，所以吊丧的人也随之而来了。齐顷公即位之初，凭借他祖父齐桓公的威望，轻视侮辱诸侯国的使者跛子郤克，所以蒙受了鞍之战的灾祸，只好偷偷地换掉衣服而逃命。这就是所说的"贺喜的人来到了家门口，吊丧的人就要到里门了"的意思。齐顷公兵败师破，人们都为他悲哀，他能够改过自新，百姓就会爱戴他，诸侯也都归还了侵袭齐国所夺得的城邑。这就是所说的"吊丧的人到了家门口，贺喜的人就会到里门了"的意思。现在你的年龄不大，就做了黄门侍郎，这是个显要的职位。新来拜访你的人，你要道谢；见了贵人，你要叩头。你要谦虚谨慎、战战兢兢、如履薄冰地用心办事，才能免除祸患。

诫兄子严、敦书

马　援

　　援兄子严、敦并喜讥议，而通轻侠客。援前在交阯还书诫之曰：

　　吾欲汝曹①闻人过失，如闻父母之名，耳可得闻，口不可得言也。好议论人长短，妄是非正法，此吾所大恶也，宁死不愿闻子孙有此行也。汝曹知吾恶之甚矣，所以复言者，施衿结缡，申父母之戒，欲使汝曹不忘之耳。

　　龙伯高敦厚周慎，口无择言②，谦幼节俭，廉公有威。吾爱之重之，愿汝曹效之。杜季良豪侠好义，忧人之忧，乐人之乐，清浊无所失③，父丧致客，数郡必至。吾爱之重之，不愿汝曹效也。效伯高不得，犹为谨敕之士，所谓"刻鹄④不成尚类鹜⑤"者也；效季良不得，陷为天下轻薄子，所谓"画虎不成反类狗"者也。

　　迄今季良尚未可知，郡将下车⑥辄切齿，州郡以为言，吾常为寒心，是以不愿子孙效也。

【作者简介】

马援，公元前14～公元49年，字文渊，扶风茂陵（今陕西兴平）人。东汉著名军事家。曾为新城大尹（汉中太守）。后归顺刘秀，任陇西太守，后拜为伏波将军，封新息侯。在进击武陵"五溪蛮"时，身染重病，不幸去世。

【注释】

①汝曹：你等，尔辈。

②口无择言：说出来的话没有败坏的，都是善意的。

③清浊无所失：诸事皆处置妥当。

④鹄：天鹅。

⑤鹜：野鸭子。

⑥下车：指郡守初到任。

【译文】

我兄长的儿子马严和马敦，都喜欢讥笑谈论别人，而且都轻慢侠士。我先前在交阯（郡名，辖境在今越南北部），写信告诫他们说：

我希望你们听到别人的过失时，好像听到了父母的名字，耳朵可以听见，但嘴里不能议论。喜欢议论别人的长短，胡乱评论国家的政令法律，这些都是我最痛恨厌恶的，我宁肯死也不希望自己的子孙有这种行为。你们知道我特别厌恶这种行为，所以我一再强调，就像女儿出嫁时，父母一再告诫的一样，我想让你们不要忘记。

龙伯高这个人厚道、周密、谨慎，说出的话没有什么可以指责的，谦让节俭，公道又威严。我爱护他尊重他，希望你们效法他。杜季良这个人豪爽侠义爱做好事，把别人的忧愁作为自己的忧愁，把别人的快乐作为自己的快乐，清浊都没有过错，父亲去世时，几个郡的宾客都一定到。我爱护他敬重他，但不愿意你们效法他。学习龙伯高而学习不到，还可以成为恭谨谦虚的人，正是所谓"刻天鹅不成还能像家鸭"；而一旦学习杜季良而学习不到，就会成为纨绔之人，正是所谓"画虎不成反而像狗"了。

到现在杜季良还不知道会怎么样，郡守到任总是愤怒至极，州郡把他的行为作为口实，我常常为他感到害怕，这就是我不愿意子孙学习他的原因了。

与弟超书

班 固

得伯章书稿，势殊工①，知识②读之，莫不叹息。实亦艺由己立，名自人成。

【作者简介】

班固，32～92年，字孟坚。东汉史学家、文学家，也是最著名的辞赋家之一。扶风安陵（今陕西咸阳）人。其父班彪著《汉书》未成，死后，班固继承父业，被人告发"私修国史"，入京兆狱。其弟班超为他上书申诉，获释。明帝赞赏班固的志向，拜为兰台令史，转迁为郎，典校秘书，奉诏完成《汉书》。前后历20余年，修成《汉书》。永元元年，大将军窦宪出征匈奴，任命班固为中护军。后窦宪因擅权被杀，班固受牵连，死于狱中。卒年61岁。

【注释】

①势殊工：笔体特别工巧。

②知识：熟悉的人。

【译文】

我得到徐伯章的一些书稿，其笔体特别工巧，熟悉的人看了它后，都表示赞叹。这也说明：技艺学问要靠自己的努力才能取得，名誉却需要众人的认可才能够树立起来。

与弟盛书

丁 鸿

鸿贪经书，不顾恩义，弱①而随师，生不供养，死不殡琀②，皇天先祖，并不祐助，身被大病，不任茅土。前上疾状，愿辞爵仲公，章寝不报，迫且当袭封。谨自放弃，逐求良医。如遂不瘳，永归沟壑③。

【作者简介】

丁鸿，？～94年，东汉学者、名儒。颖川定陵（今河南郾城西北）人。字孝公。13岁时，从桓荣受《欧阳尚书》，持"天人感应"论。章帝时，鸿论述最精，也称"殿中无双"，提升为校书，后官至司徒、太尉。

【注释】

①弱：年少时。

②殡琀：殡葬时口含的珠玉。

③永归沟壑：从此就永辞人世。

【译文】

　　我丁鸿贪恋经书，不顾及父母的恩义，年少时就跟随老师学习，在父母活着的时候，不能尽到供养的责任；他们死了，也不能为他们提供殡琀的物品，皇天先祖，都不佑助，以致身染大病，不能担当受封的恩德。前不久我将自己染疾的奏章呈上，希望把爵位辞让给你，但没有得到答复，朝廷又逼着我承袭父亲的封爵。我想谨慎地放弃受封，去寻求良医。如果疾病不能痊愈，从此就永辞人世了。

诫兄子书

张 奂

　　汝曹薄^①祐，早失贤父，财单艺尽，今适喘息。闻仲祉轻傲耆老^②，侮狎同年，极口恣意^③。当崇长幼，以礼自持^④。闻敦煌有人来，同声相道，皆称叔时宽仁，闻之喜而且悲：喜叔时得美称，悲汝得恶论。经言孔子于乡党，恂恂如也。恂恂者，恭谦之貌也。经难知，且自以汝贤父为师，汝父宁轻乡里耶？年少失，改之为贵，蘧伯玉年五十，见四十九年非，但能改之，不能不思吾言。不自克责^⑤，反云张甲谤我，李乙怨我，我无是过，尔亦已矣。

【作者简介】

　　张奂，104～181年，字然明，东汉酒泉（今属甘肃）人，官至匈奴中郎将。灵帝时，因党锢之祸，解官归乡。

【注释】

　　①薄：缺少。

　　②耆老：年长者。

③极口恣意：信口开河。

④自持：自我约束。

⑤不自克责：不能自我责备、自我反省。

【译文】

你们缺少神灵的保佑，早年便失去了贤明的父亲，财物缺乏，种植又颗粒无收。现在情况有所改善，就听说仲祉轻视傲慢年老的人，轻慢无礼同龄的人，往往信口开河，任意乱说。你们应该崇尚长幼有别之礼，用礼义约束自己。听说敦煌有人来异口同声称赞叔时宽厚仁慈，听到这些话我又喜又悲：喜的是叔时得到了美好的声誉，悲的是你得到了不好的议论。经书上说，孔子在乡邻之中"恂恂如也"，"恂恂"就是待人谦虚而恭敬的样子。经书上说的很难以理解，你以你贤明的父亲为榜样，你父亲何曾轻慢过乡邻们？年轻时过错多一些，但改掉了就是可贵的，蘧伯玉五十岁时才知道以前四十九年以来的错误，可是他能改正，你不能不认真思考我所说的这些话。如果不能严于律己，反而说张某诽谤我，李某怨恨我，我本来并没有过失，如此这样，你就无可救药了。

戒子益恩书

郑 玄

　　吾家旧贫，为父母昆弟所容，去厮役之吏，游学周、秦之都，往来幽、并、兖、豫之域，获觐乎在位通人，处逸大儒，得意者咸从捧手，有所授焉。遂博稽六艺，粗览传记，时睹秘书纬术之奥。年过四十，乃归供养，假田①播殖，以娱朝夕。遇阉尹擅执，坐党禁锢，十有四年，而蒙赦令。举贤良方正有道，辟大将军三司府，公车再召，比牒并名，早为宰相。惟彼数公，懿德大雅，克堪王臣，故宜式序。吾自忖度，无任于此；但念述先圣元意，思整百家之不齐，亦庶几以竭吾才，故闻命罔从。而黄巾为害，萍浮南北②，复归邦乡，入此岁来，已七十矣。宿素衰落，仍有失误，案之礼典，便合传家。今我告尔以老，归尔以事，将闲居以养性，覃思以终业；自非拜国者之命，向族亲之忧，展敬坟墓，观省野物，胡尝扶杖出门乎？家事大小，汝一承之。咨尔茕茕一夫，曾无同生相依，其勖求君子之道，研钻勿替，敬慎威仪，以近有德。显誉成于僚友，德行立于己志。若致声称，亦有荣于所生，可不深念邪！吾虽无绂冕之绪，颇有让爵之高。自乐以论赞之功,庶不遗后人之羞。未所愤愤者,徒以亡亲坟垄未成。所好群书,率皆腐敝,不得于礼堂写定,传与其人。日西方暮③,其可图家。家今差于昔,勤力务时,无恤饥寒菲饮食,薄衣服,节夫二者,尚令我寡恨。若忽忘不识,亦已焉哉!

【作者简介】

郑玄,127~200年,字康成,东汉北海高密(今属山东)人。著名经学家、思想家。先师从张恭祖学《古文尚书》、《周礼》、《左传》等,最后从马融学古文经。游学十余年,回乡后,聚徒讲学,弟子成百上千人。因"党锢"事被禁,便杜门不出,隐修经业,潜心著述,成为汉代经学的集大成者,号"郑学"。经学家称他为"后郑",以别于东汉另外的两位经济学家郑兴、郑众父子。所注书有《周易》、《论语》、《尚书》等。

【注释】

①假田:租借土地。

②萍浮南北:比喻行踪无定。

③日西方暮:太阳西落,比喻人已年迈。

【译文】

我家从前生活贫穷,得到父母兄弟的宽容理解,辞去了小官吏的职位,在周代和秦代的国都游学,往来于幽州、并州、兖州、豫州(皆为古地名,在今河北、山西、山东、河南)等地区,在周游求学的过程中,不仅拜见在官位的博古通今的人,还受教于隐居的有名望的儒家学者。遇到这些有见解的人,我都虚心求教，他们对我也都给予指导。这样，我就广泛考察和研究六艺（指《易》、《礼》、《乐》、《诗》、《书》和《春秋》）等典籍，也粗略地翻阅传记，还时常参阅隐秘的书籍，研究阴阳、五行、八卦的奥秘。过了40岁以后，才回家赡养父母，租借土地种植，来使父母欢度晚年。后遇到宦官专权，我因受牵连而被捕入狱，坐牢14年之久，直到朝廷大赦才得到自由。举荐有德行、有才能、正直的人，受大将军三司府（指太尉、司空、司徒三个官府）的征召，与我同时被征召的人，早做了宰相，我觉得他们几个人，有美德高才，能够胜任朝廷大臣，所以能合适地按次第论功序位。而我反复考虑自身的条件，觉得自己在这方面不能胜任；但我不能忘记的是，想整理诸子百家的不一致之处，也希望能够施展我的才能，所以没能应召做官。而且黄巾起义造成灾害，行踪无定，现又回到家乡，已经70岁了。平素的志愿已经衰落，仍然有失误，按照礼仪制度，应该把家业传给你了。现在我告诉你我已经老了，我要把家事交给你，我将悠闲地过日子来陶冶性情，深入思考来终结事业；自己并不是拜受了国君的命令，才询问宗族亲戚的忧患，视察坟墓来表示敬意，观赏察看野外景物，可为什么要扶着手杖出门呢？家事不论大小，你一律把它们承担起来，想到你孤孤单单一人，没有同胞兄弟可以依靠，你更应该勉励自己努力追求人格高尚的人的学说，深入研究，严肃谨慎，保持庄严的容止来接近有道德的人。显赫的声誉会在朋友中实现，道德品行要在自己的志向中建立。如果一个人因此自立于世上，也是家族的荣耀。这些你能不认真考虑吗？

我虽然没有做官的心绪，却有让出爵位的高尚品德。自己这种评论史传的功绩，希望不会给后人留下羞辱。使我放心不下的是，亡亲的坟墓还没建成；我一生所喜好的这些书，都很破旧了，我也无力去删改定稿，只好传给讲堂那些人。我已年迈，日薄西山了，还能有什么希望呢？家道现在比过去差，你要勤勉努力抓紧时间，不要担忧饥饿和寒冷问题。衣食这两方面都节俭，就能让我少一些遗憾。如果你忽略、忘却了我的话，也就白费口舌了！

诫 子 书

司马徽

闻汝充役①，室如悬磬②，何以自辨？论德则吾薄，说居则吾贫，勿以薄而志不壮③，贫而行不高④也！

【作者简介】

司马徽，？～208 年，三国高士。字德操，东汉末颍川（今属河南）人。学博志雅，为人和善，长期居荆州，曾向刘备推荐诸葛亮、庞统。庞统之父庞德公送号"水镜先生"，后人称他为"好好先生"。荆州陷，被曹操所得，欲委以重任，但不久病卒。

【注释】

①充役：为国服役。

②悬磬：极度贫穷。

③壮：雄壮。

④高：高尚。

【译文】

听说你为国家服役，但家里却很贫穷，你应怎样看待这些呢？谈到德操，我们很浅薄；论到家庭，我们很贫穷，然而不要因为德操浅薄就使我们志气不雄壮，因为家庭贫穷就品行不高尚啊！

诫子植

曹操

吾昔为顿丘令，年二十三。思此时所行①，无悔②于今。今汝年二十三矣，可不勉③欤！

【作者简介】

曹操，155～220年，字孟德，小名阿瞒，沛国谯县（今安徽亳州市）人，东汉末年杰出的政治家、军事家、文学家和诗人。汉献帝时官至丞相，封魏王。其子曹丕称帝，追尊其为魏武帝。

【注释】

①所行：所作所为。
②无悔：没有什么可悔恨的。
③勉：努力上进。

【译文】

我从前任顿丘县令时，年龄刚刚23岁。回想那一时期我的所作所为，至今没有什么可悔恨的。现在你的年龄也已经23岁了，能不努力上进吗！

诫 弟 纬

刘 廙

　　夫交友之美①，在于得贤，不可不详②。而世之交者，不审择人，务合党众③，违先圣人交友之义，此非厚己辅仁之谓也。

　　吾观魏讽，不修德行，而专以鸠合为务，华而不实，此直揽世沽名者也。卿其慎之，勿复与通④！

【作者简介】

　　刘廙，180～221年，字恭嗣，三国时期魏臣。初与其兄望之居荆州。其兄被刘表所害后，投奔曹操，初为丞相掾属，后转任五官将文学。曹丕立，得器重，官侍中，赐爵关内侯。

【注释】

　　①美：好处。

　　②不可不详：不能不审慎地选择。

　　③务合党众：拉帮成伙。

　　④通：交往。

【译文】

结交朋友的好处，就在于能够得到有才德的人的帮助，因此不能不审慎地选择。可是，世上交朋友的人，往往不能慎重地选择朋友，还要拉帮成伙，这就完全违背了孔子有关交友的教导，是不能被称作"厚己辅仁"的。

我看魏讽这个人，不讲求道德品行的修养，而专门把纠结帮派当作首务，华而不实，真是只凭着沽名钓誉而求取于世的人。你应当审慎才对，千万不要再和他交往了！

诫 刘 禅

刘 备

朕初疾，但下痢耳，后转杂他病，殆不自济。人五十不称夭，年已六十有余，何所复恨，不复自伤，但以卿兄弟为念。射君到，说丞相①叹卿智量，甚大增修，过于所望，审能如此，吾复何忧？勉之！勉之！勿以恶小而为之，勿以善小而不为。惟贤惟德，能服于人。汝父德薄，勿效之。可读《汉书》、《礼记》，闲暇历观诸子及《六韬》、《商君书》，益人意智。闻丞相为写《申》、《韩》、《管子》、《六韬》一通已毕，未送，道亡②，可自更求闻达。

【作者简介】

刘备，161～223 年，字玄德，东汉末年涿郡涿县（今河北涿州市）人，西汉中山靖王刘胜的后代。东汉末年起兵，参与镇压黄巾起义军。先后投靠袁绍、刘表等人。后三顾茅庐，得诸葛亮辅佐，采用联孙拒曹的策略，大败曹操于赤壁，占领荆州。又夺取益州和汉中。221 年在成都称帝，国号汉，年号章武。223 年在白帝城病逝，谥号昭烈皇帝，史称"先主"。

【注释】

　　①丞相：此指诸葛亮。

　　②道亡：于道路上遗失。

【译文】

　　我开始得病时，只不过是痢疾，可是后来又染上了其他疾病，自己感觉不会好转了。人到五十岁就不能算是短命了，我已经活了六十多年了，没有什么可遗憾的，也不再有什么伤感的事了，心里唯一牵挂的是你们兄弟。最近有人来说，丞相诸葛亮称赞你的知识气量有了很大提高，比以前进步很多，超过了我对你的期望，如果确实如此，我还有什么可担心的呢？一定要自己勉励自己啊！凡事不要认为错误很小而去做，也不要认为只是一件好事因太小就不去做。只有贤良美德，才能使人信服。你父亲品行浅薄，千万不要像我一样。你可以读读《汉书》、《礼记》，有空时再看看诸子百家，以及《六韬》、《商君书》，这些能够开阔你的眼界，增长你的才干和智慧。听说丞相已把《申子》、《韩非子》、《管子》、《六韬》等书抄好了，但还没等送到，就遗失在半路上了，你自己可要再进一步求得更多的学问啊。

诫 子 书

诸葛亮

夫君子之行①，静以修身，俭以养德。非澹泊无以明志，非宁静无以致远。夫学须静也，才须学也，非学无以广才，非志无以成学。慆慢则不能励精，险躁则不能冶性②。年与时驰，意与日去，遂成枯落，多不接世③，悲守穷庐，将复何及！

【作者简介】

诸葛亮，181～234 年，字孔明，琅邪阳都（今山东沂南县南）人。东汉末年避乱荆州，隐居隆中（今湖北襄阳西），被称为"卧龙"。经刘备"三顾茅庐"，出来辅佐刘备，建立蜀汉。刘备称帝后，拜他为丞相。刘备死后，受遗诏辅佐刘禅。前后六次出师北伐曹魏，卒于军中，谥号忠武。

【注释】

①行：行为。

②冶性：陶冶情操。

③接世：接触世事。

【译文】

　　君子的行为，要以宁静来提高自身的修养，以节俭来培养自己的品德。不清心寡欲就不能明确志向，不排除外来干扰就不能达到远大的目标。因此学习必须安心专一，而才干来自于学习，所以不学习就不能增长才干，没有志向就不能使学习有所收获。放纵懒慢就不能振奋精神，冒险急躁就不能陶冶情操。年龄随时光而飞逝，意志随岁月而流走，最终枯败零落，这些人大多不接触世事、不被社会所用，只能悲哀地坐守着那穷困的居舍，这时悔恨又怎么来得及呢！

诫外甥书

诸葛亮

　　夫志当存高远①，慕②先贤，绝③情欲，弃疑滞，使庶几之志，揭然有所存，恻然有所感；忍屈伸，去细碎，广咨问，除嫌吝，虽有淹留，何损于美趣，何患于不济。若志不强毅，意不慷慨，徒碌碌滞于俗，默默束于情，永窜伏于凡庸，不免于下流④矣！

【注释】

　　①志当存高远：志气应当高尚远大。
　　②慕：敬仰。
　　③绝：杜绝。
　　④下流：低下的地位。

【译文】

　　一个人应当树立高尚远大的志向，敬仰有才德的前辈，杜绝个人情欲，克服停滞不前的思想，使自己要做高尚的人的志向显露出来，让别人能够深切地感受到。要能经受住屈辱和考验，摆脱生活琐事的困扰，广泛征求他人的意见，消灭怨恨和耻辱的情绪。如果能做到这样，即使在名誉地位等问题上受挫、自己的愿望不能马上实现，也不会动摇自己的志向，还用担心不能获得成功吗？假如自己的意志不够坚定，意气也不够激昂，只是困扰于世俗中，被凡俗之情所束缚，不能摆脱平庸，那就很难摆脱低下的地位了。

诫子侄文

王　昶

人或毁己①，当退而求之于身。若己有可毁之行，则彼言当矣；若己无可毁之行，则彼言妄②矣。当则无怨于彼，妄则无害于身，又何反报焉？且闻人毁己而忿者，恶丑声之加人也。人报者滋甚，不如默而自修己也。谚曰："救寒③莫于重裘，止谤莫于自修④。"斯言信矣！

若与是非之士，凶险之人，近犹不可，况与对校⑤乎？其害深矣。

【作者简介】

王昶，？～259年，字文舒，魏国太原晋阳（今山西太原市）人。初为曹丕的文学侍从，后曹丕继位后，历任散骑侍郎、洛阳典农、兖州刺史。魏明帝继位后，任徐州刺史、征南将军、司空、骠骑将军。著有《治论》、《兵书》等论著。死后谥号穆侯。

【注释】

①毁己：诋毁自己。

②妄：胡说。

③救寒：解除寒冷。

④自修：自身修养。

⑤校：校验，核对。

【译文】

如果有人说自己的坏话、诋毁自己时，应该先退一步，好好从自己身上寻找原因。如果自己存在可以让人诋毁的地方，那么对方的话就是对的；倘若自己没有可以让人诋毁的地方，那么对方就是在胡说。对方说得对，就不要怨恨人家；对方即便是胡说，但无害于自己，为什么要反过来报复人家呢？听说别人诋毁自己就发怒，是厌恶把坏名声强加于人。报复别人只能使自己的名声更坏，不如保持沉默并修养自身好啊。谚语说："抵御寒冷没有比厚厚的裘皮衣服更好的东西了，制止他人的诽谤没有比加强自身修养更好的办法了。"这话说得好啊！

假如与那些搬弄是非的人、凶狠阴险的人接近，尚且不应该，何况与他们对质、校核事实呢？那害处就更大了。

处满惧盈

陆 景

富贵，天下之至荣；位势，人情之所趋①。然古之智士，或山藏林窜，忽而不慕，或功成身退，逝若脱屣者，何哉？盖居高畏其危，处满惧其盈。富贵荣势，本非祸死，而多以凶终者，持之失德，守之背道，道德丧而身随之矣。是以留侯②、范蠡弃贵如遗，叔敖、萧何不宅美地。此皆知盛衰之分，识倚伏之机，故身全名著，与福始卒。自此以来，重臣贵戚，隆盛之族，莫不罹患构祸，鲜以善终，大者破家，小者灭身。唯金、张③子弟，世履忠笃，故保贵持宠，祚钟昆嗣。

【作者简介】

陆景，字士仁，三国时吴将。其祖父陆逊为东吴儒将，官至丞相。其父陆抗为大司马、荆州牧。陆景一生修身好学，且有著述。晋军灭吴时，被晋军王濬杀害，年仅三十一岁。

【注释】

①所趋：所向往。

②留侯：此处指张良。

③金、张：此处指金日磾、张汤。

【译文】

富贵，是天下人认为的最大的荣耀；权势，是人们共同的追求。但是，在古代的有识之士中，有的隐居山林，轻视富贵权势而不羡慕；有的功成身退，就像扔掉草鞋一样放弃富贵权势。这是为什么呢？大概是因为居安思危、处满惧盈吧。富贵荣华，本来不是灾祸的开始，然而大多数人最终陷入不幸，是因为失了品德，守财背道，丧失了道德而身遭灾祸。所以张良、范蠡，视富贵如粪土；孙叔敖、萧何，不建造豪华的房宅。他们这些人都知道盛与衰的分别，识别隐藏的事情的征兆，所以保全了生命，名留后世，福禄有始有终。古往今来，重臣贵戚，世族大家，没有不遭受祸患的，很少有好的结局，严重者祸及全家，轻微者也惨遭杀害。只有金日磾、张汤的子孙们，世代忠厚敬笃，所以能够保全高贵的地位、保持皇帝的恩宠，而这种恩泽也得以惠及后人。

诫子书

羊 祜

吾少受先君之教，能言之年，便召以典文①；年九岁，便诲以《诗》、《书》，然尚无乡人之称，无清异之名。今之职位，谬恩之加耳，非吾力所能致也。吾不如先君远矣！汝等复不如吾。咨度弘伟②，恐汝兄弟未之能也；奇异独达，察汝等将无分也。恭为德首，慎为行基，愿汝等言则忠信，行则笃敬，无口许人以财，无传不经之谈，无听毁誉之语。闻人之过，耳可得受，口不得宣，思而后动。若言行无信，身受大谤，自入刑论，岂复惜汝？耻之祖考，思乃父言，纂③乃父教，各讽诵之！

【作者简介】

羊祜，221～278 年，字叔子，西晋南城（今山东费县西南）人。西晋著名的战略家、军事家和政治家。魏末任相国从事中郎。司马炎受禅称帝后，以尚书右仆射都督荆州诸军事，出镇襄阳。在镇十年，开屯田，储军粮，作灭吴准备。临终前，推举杜预接替自己，后杜预按羊祜生前的军事部署，一举灭吴，完成了统一大业。

【注释】

①典文：管理文书。

②咨度弘伟：筹划谋略弘大深远。

③纂：继承。

【译文】

我自幼受你祖父的教育，到能说话的年龄，就被召去管理文书；九岁时，就教我读《诗经》和《尚书》，然而还没有得到本乡人的称誉，没有高洁不凡的声名。现在我有这样的职位，那是皇上错赐予我的恩惠，并不是我凭自己的能力所能达到的。我远不如你的祖父啊！你们又不如我。想出既广泛又深远的谋略，我担心你们不能达到；独自达到才能卓越的境地，我察觉你们也没有这样的素质。谦恭是道德的首位，谨慎是行为的根本，希望你们说话要忠诚信服，行为要忠厚恭敬，不要空口给人许愿说拿钱，不要传播没有根据的言论，不要听信别人诽谤或称赞的话语。如果听到别人的过失，只要耳朵听进去就行，嘴上不要讲出来，做事要三思而后行。如果说话做事不诚实，自身就会受到严厉的指责，自然也会受到刑法审判，到那时谁还会怜恤你们呢？而且你们的祖先也会蒙受耻辱。想想我的话，继承我的教诲，每个人都要经常背诵。

与子俨等疏

陶渊明

　　告俨、俟、份、佚、佟：天地赋命，生必有死。自古圣贤，谁能独免？子夏有言曰："死生有命，富贵在天。"四友①之人，亲受音旨，发斯谈者，将非穷达不可妄求，寿夭永无外请故耶？

　　吾年过五十，少而穷苦，每以家弊，东西游走。性刚才拙，与物多忤。自量为己，必贻俗患。黾俛辞世，使汝等幼而饥寒。余尝感孺仲②贤妻之言，败絮自拥，何惭儿子。此既一事矣。但恨③邻靡二仲④，室无莱妇，抱兹苦心，良独内愧。

　　少学琴书，偶爱闲静，开卷有得，便欣然忘食。见树木交荫，时鸟变声，亦复欢然有喜。常言：五六月中，北窗下卧，遇凉风暂至，自谓是羲皇上人。意浅识罕，谓斯言可保；日月遂往，机巧好疏。缅求在昔，眇然如何！疾患以来，渐就衰损。亲旧不遗，每以药石见救，自恐大分将有限也。

　　汝辈稚小家贫，每役柴水之劳，何时可免？念之在心，若何可言，然你等虽不同生，当思四海皆兄弟之义，鲍叔管仲，分财无猜；归生伍举，班荆道旧。遂能以败为成，因丧立功。他人尚尔，况同父之人哉？颍川韩元长⑤，汉末名士。身处卿佐，八十而终。兄弟同居，至于没齿。济北汜稚春⑥，晋时操行人也。七世同财，家人无怨色。《诗》曰："高山仰止，景行行止。"虽不能尔，至心尚之。汝其慎哉！吾复何言。

【作者简介】

陶渊明，365～427 年，东晋大诗人。一名潜，字元亮，浔阳柴桑（今江西九江市）人。出身于没落士族家庭，少时有壮志，博学能文，任性不羁。他生活在晋宋易代之际，社会动荡不安，虽有壮志，但未能施展。早年曾任江州祭酒、镇军、参军和彭泽令等职，因不满官场污浊，四十一岁便辞官退隐农村，过着躬耕隐居的生活。由于亲自参加劳动和接近农民，对农村生活有较深的体验，也写了很多反映农村生活的诗歌。他写的田园生活，内容真切，感情丰富，散文辞赋也写得美好淳朴，很有感染力。他那不满黑暗现实的思想和作品的独特艺术技巧，给后世创作起过积极影响；他那乐天知命、逃避现实的思想也起过消极作用。有《陶渊明集》。

【注释】

①四友：此处指孔子的四个学生，即颜渊、子贡、子张和子路。

②孺仲：东汉初著名的隐士。

③恨：遗憾。

④二仲：指羊仲和求仲。

⑤韩元长：指韩融。

⑥汜稚春：指汜毓。

【译文】

告诉俨、俟、份、佚、佟：天地赋予了生命，有生就一定有死。自古以来的圣人和贤人，谁能独自避免呢？子夏有话说："生和死听从命运，富贵由上天安排。"属于四友行列中的人，亲身受到教诲，能有这种议论，难道不是因为命运的好坏不能妄自追求，生命的长短永远不能在分外求得到的缘故吗？

　　我年纪已经超过50岁，小的时候又穷又苦，常常因为家庭的困苦，东奔西走。我的性格刚直，才智愚拙，与世人的意见多有不同的地方。自己思量这样做下去，一定会招致世俗的祸患。我主动离开世俗，让你们从小就受到饥饿和寒冷。我曾感慨孺仲贤惠妻子的话，自己盖着破丝棉的被子，有什么愧对儿子的。这算完了一件事。只遗憾邻居中没有二仲那样高尚气节的人，家里没有老莱子的那样的妻子，拥有这样的苦心，自己内心感到惭愧。

　　年少时学习弹琴写字，偶尔也爱闲适安静，翻看书籍有所收获，就高兴得忘记了吃饭。看到树木交错的遮阴，四季鸟儿改变声音，也高兴得面有喜色。常言说，五六月中间，躺在北窗下面，遇到凉爽的风吹来，自己以为是伏羲氏时代以前的人。意念浅薄、知识贫乏，认为这话可以保全；时间终于过去了，机缘巧遇也容易过去。远远回顾以往的岁月，一切都多么渺茫啊！得病以来，身体逐渐衰弱损伤。亲戚和旧友不遗弃我，常常用医药来救我，我却担心自己的生命不会太久了。

　　你们几个幼小时家中就贫穷，常常受到打柴挑水的劳苦，什么时候能够不用受此苦了呢？我在心中挂念的程度，怎么能用语言来表达啊，你们几个虽然不是同一个母亲所生，却应当想到四海之内都是兄弟，鲍叔牙和管仲合伙做生意分财物时，无猜疑之心；归生和伍举，相遇时共叙旧情。于是就能够把失败变为成功，因丧事而立功。别人尚且还这样，何况你们是同一父亲的人呢？颖川韩元长，是汉末有名望的人。位居高官，80岁才去世。兄弟住在一起，直到年老牙齿掉光了。济北汜稚春，是晋代节操品行很好的人。七代人同理财物，家里人没有埋怨的表情。《诗经》说："高尚的道德如山一样高大，我们要仰慕它；远大的行为，我们要以它为准去实行。"虽然不能这样，但至诚的心崇尚他们。你们要谨慎啊！我没有什么可说的了。

诫子孙（节选）

杨　椿

吾兄弟若在家，必同盘而食，若有近行不至，必待其还，亦有过中不食，忍饥相待。吾兄弟八人，今存者有三，是故不忍别食也。又愿毕吾兄弟，世不异居异财，汝等眼见，非为虚假。如闻汝等兄弟，时有别斋独食者，此又不如吾等一世也。吾今日不为贫贱，然居住宅舍，不作壮丽饰者，正虑汝等后世不贤，不能保守之，方为势家所夺。

闻汝等学时俗人，乃有坐而待客者，有驱驰势门者，有轻论人恶者，及见贵胜则敬重之，见贫贱则慢易之：此人行之大失，立身之大病①也。

汝家仕皇魏以来，高祖以下，乃有七郡太守，三十二州刺史，内外显职，时流少比。汝等若能存礼节，不为奢淫骄慢，假不胜人，足免尤诮②，足成名家。吾今年始七十五，自惟气力，尚堪朝觐天子，所以孜孜求退者，正欲使汝等知天下满足之义，为一门法耳，非是苟求千载之名也。汝等能记吾言，百年之后，终无恨矣。

【作者简介】

杨椿，455～531 年，字延寿，北魏恒农华阴（今属陕西）人。曾祖杨珍，曾任上谷太守；祖杨真，曾任河内、清河两郡太守；父杨懿，广平太守。杨椿历五朝，官至豫州、济州、梁州等州刺史，后升为司徒，死后赠太师、丞相、都督、冀州刺史。

【注释】

①大病：大害。
②足免尤诮：足可以避免差错而受到讽刺讥笑。

【译文】

我们兄弟如果都在家，一定会坐在一起吃饭；如果有人去了近的地方没有回来，一定要等他回来才吃；有时过了中午还不吃，忍着饥饿等他回来。我们兄弟原本八个，今天只剩下三个，所以不忍心单独吃饭啊。又希望我们这几个兄弟，世代不分住房屋，不聚各自的私财，你们都亲眼见过，这并不是虚假的事。如果听到你们兄弟，有分房另吃的，就不如我们兄弟这辈人了。我今天不算贫穷了，但居住的房屋，不装饰得壮丽华美，正是考虑到你们的不贤，不能守住产业，被有势力的人家夺去。

听说你们学那些世俗的人，竟有坐着接待客人的，有走钻营权贵之门的，有随便谈论别人缺点的，以致看到位重势强的人就尊敬他，看到贫穷的人就轻视他：这是人行为上的大过，立身处世的大害啊。

你们家在大魏当官以来，从高祖以后，就有七郡太守，三十二州刺史，内外的职位都很显赫，当时没人能与你们相比。你们如果能保持礼节，不做奢侈荒淫骄恃怠慢的事，即使权势超不过别人，也足以避免出差错受讥笑，足以成为名家。我今年已经 75 岁了，自己想从气力上来说，还可以朝见天子，之所以不断提出隐退的要求，正是想让你们知道天下满足的意义，这是立身处世的一大法门，不是苛求千载留名的荣誉。如果你们能记住我的话，我死了之后，也就没有遗憾了。

戒 子 崧

徐 勉

　　吾家本清廉，故常居贫素，至于产业之事，所未尝言，非直不经营而已。薄躬遭逢①，遂至今日，尊官厚禄，可谓备之。每念叨窃若斯，岂由才致，仰藉先门风范，及以福庆，故臻此耳。古人所谓"以清白遗子孙，不亦厚乎！"又云："遗子黄金满籯，不如一经。"详求此言，信非徒语②。吾虽不敏，实有本志，庶得遵奉斯义，不敢坠失。

【作者简介】

　　徐勉，466～535年，南朝梁东海郯（治今山东郯城北）人。字修仁。梁武帝即位，拜中书侍郎，进领中书通事舍人，官至左仆射中书令。史称徐勉：居官清廉、不营产业、勤于政事、家无蓄积。

【注释】

　　①薄躬遭逢：轻薄自身的遭遇。
　　②徒语：虚妄的话。

【译文】

　　我家原本就清贫，因此常常过着贫穷素朴的生活，至于产业的事情，不但从来没有经营过，也从来没谈起过。轻薄自身的遭遇，一直到今天，尊贵的官职、丰厚的俸禄，可谓是全都有了。每每念叨这些就感叹，是由自己的才能得到的吗？其实是依靠祖先的风范为榜样，以及福运的降临，因此才达到这种地步的。古人所说"将清白遗留给子孙，不也是很丰厚的遗产吗？"古人又说："留给子孙满箱黄金，不如传给他们一部经书。"详细思考这些话，的确不是白说的啊。我虽然不聪明，但实有这样的志向，希望能够遵循奉行古人这些教诲，不敢堕落失误。

诫吴王恪书

李世民

　　吾以君临兆庶，表正万邦。汝地居茂亲，寄惟藩屏，勉思桥梓之道，善侔闲平之德，以义制事，以礼制心。三风十愆①，不可不慎。如此，则克固磐石，永保维城。外为君臣之忠，内有父子之孝。宜自励志，以勖日新②。汝方违膝下，凄恋何已，欲遗汝珍玩，恐益骄奢。故诫此一言，以为庭训。

【作者简介】

　　李世民，599～649 年，即唐太宗，唐代第二个皇帝，626～649 年在位。常以隋亡为戒，在政治、经济、军事等方面进行了一系列的改革，巩固了唐王朝的统治，被誉为"贞观之治"。

【注释】

　　①三风十愆：指各种坏毛病。
　　②以勖日新：努力天天向上。

【译文】

　　我以君主的地位统治天下百姓，给全国万民树立榜样。你身为皇帝的嫡亲，我寄托你的是捍卫领地的大任，努力思考君臣父子的道理，好好谋求道德修养的规范，以正义来处理事务，以礼教来统治民心。各种坏毛病，不能不谨慎。如果这样，就能像坚固的磐石那样，永远保卫着国家。在外能尽大臣的忠诚，在家能尽儿子的孝道。你应当激励意志，努力向上。你马上要离开我了，悲伤之情怎么能消除，我本来想送你一些珍贵的玩意儿，又怕你会更加骄傲奢侈。因此给你留下这些诚言，作为我们家的训诲。

遗令以诫子孙

姚 崇

　　古人云：富贵者，人之怨也。贵则神忌其满，人恶其上。富则鬼瞰其室，虏利其财。自开辟以来，书籍所载，德薄任重，而能寿考无咎①者，未之有也。故范蠡、疏广之辈，知止足之分，前史多之。况吾才不逮古人，而久窃荣宠。位逾高而益惧，恩弥厚而增忧。往在中书，遘疾②虚备。虽终匪懈③，而诸务多缺。荐贤自代，屡有诚祈。人欲天从，竟蒙哀允。优游园沼，放浪形骸，人生一代，斯亦足矣。田巴云："百年之期，未有能至。"王逸少云："俯仰之间，已为陈迹。"诚哉此言！比见诸达官身亡以后，子孙既失覆荫，多至贫寒。斗尺之间，参商是竞④，岂惟自玷，乃更辱先。无论曲直，俱受嗤毁。庄田水碾，既众有之，递相推倚，或至荒废。陆贾、石苞，皆古之贤达也，所以预为定分，将以绝其后争。吾静思之，深所叹服。昔孔子至圣，母墓毁而不修；梁鸿至贤，父亡席卷而葬。昔杨震、赵咨、卢植、张奂，皆当代英达，通识今古，咸有遗言，属令薄葬。或濯衣时服，或单帛幅巾。知真魂去身，贵于速朽。子孙皆遵成命。迄今以为美谈。凡厚葬之家，例非明哲。或溺于流俗，不察幽明⑤。咸以奢厚为忠孝，以俭薄为悭惜，至令亡者致戮尸暴骸之酷，存者陷不忠不孝之诮。可为痛哉！可为痛哉！死者无知，自同粪土，何烦厚葬，使伤素业。若也有知，神不在枢，复何用违君父之令，破衣食之资。吾身亡后，可殓以常服，四时之衣，各一副而已。吾性甚不爱冠衣，必不得将入棺墓，紫衣玉带，足便于身，念尔等勿复违之。且神道恶奢，冥途尚质。若违吾处分，使吾受戮于地下，于汝心安乎？念而思之。

【作者简介】

姚崇，650～721年，唐陕州硖石（今河南陕县境内）人，唐代著名政治家，巂州都督姚懿之子。本名元崇，武后令他改为元之，玄宗又令他改为崇。少时倜傥尚气节，好学不倦。武后时，历任兵部郎中（兵部尚书的属官）、兵部侍郎（兵部副长官）、中书侍郎（中书省副长官）、礼部尚书（礼部长官）等职。在张柬之诛武后党羽张昌宗、张易之和迎立中宗的过程中，曾参与谋议。睿宗时，历任兵部尚书、同中书门下三品（宰相）、中书令（中书省长官，特殊优遇），居宰相之首。后因奏请太平公主出居洛阳，被贬职。玄宗开元初，复任宰相，协助玄宗削弱诸王权柄，规定戚属不担任中央要职。其人任人唯贤，整顿吏治，用法不避权贵，后世誉为唐代"救时之相"，史书称其主政时期为"开元之治"。开元四年辞去相位，荐宋璟自代。开元九年去世，谥"文献"。三个儿子分别名彝、异、弈，皆官至卿、刺史。临终前，先析其资产田园，令诸子侄各守其份。又为《遗令》以诫子孙。

【注释】

①寿考无咎："老，考也。""考，老也。"两字相互训释。"考"主要用于寿考，意思是高寿。无咎：没有过失。文中之意指，年至高寿而没有犯过错误。

②遘疾：一般做遇到疾病的意思讲，意指遇病。文中之意即多种病掺杂在一起或是一直未能痊愈。

③虽终匪懈：匪即没有，不的意思。文中之意指从始至终没有松懈。

④参商是竞：参商指参星与商星，二者在星空中此出彼没，彼出此没，文中指彼此对立，不和睦、亲友隔绝。

⑤不察幽明：幽指黑暗、虚假，明指明亮、真，文中之意指不懂得区分真假，不知道哪个重要哪个不重要。

【译文】

古人说：富贵是招引怨恨的根源。当一个人显贵时，神灵会猜忌他所取得的成就，众人会憎恨、嫉妒他高高在上的权力；如果一个人富有时，鬼怪会觊觎他家中珍藏的宝物，强盗会贪图他积累的财富。自开天辟地以来，书中所记载有史可查的，品性德行不够却能担任要职，而且还能得享天年没有灾祸的人，一个也找不出来。所以，像范蠡、疏广这种懂得满足，适可而止、能进知退的人，史书里对他们总是赞誉有嘉。像我这样才能及不上古人，却能长时间得到朝廷的恩宠身居要职的，官位越高就会越恐惧，得到的恩惠越多忧虑感就会越强。从前我在中书府任职时，由于患病只能虚充一员，虽然我一直竭尽所能地努力，但仍然有很多事务未能完成。于是我向朝廷推荐有能力出任这个职务的人来顶替自己，经过多次的上书恳请，上天总算是听到了我的请求，朝廷恩准了我多次的哀求。我现在能够悠闲地畅游在田园，放松身心不再受任何约束，这一辈子也算是满足了。田巴说：

"能够活到一百岁，恐怕没有人能做到。"王逸少说："转眼之间，一切都已经是过去。"现在看来的确如此啊。最近经常看到很多达官贵人死后，子孙因为失去了庇护而过着贫苦的生活。这些人有些只是为了一点小小的事情和利益争执不休，使得兄弟之间伤了和气没了情分，这不仅有损自己的名声，也让祖先蒙受了耻辱。他们这样做无论是有理还是没理，都会遭到众人的耻笑和讥讽。庄稼和碾子，是大家共有的财产，如果每个人都因为不是自己的私产而相互推诿不去耕种，那么田地难免会荒芜，家族也会随之衰败。陆贾、石苞，都是古代有才德的贤人，他们会预先确立好遗嘱，从而避免后代因为分家而导致不必要的争执。我静下心来仔细地思考，对于他们这种远见感到深深的佩服和赞赏。在古时最大的圣人就是孔子了，他母亲的坟墓毁坏了未曾去修葺；梁鸿是最有名的贤人，父亲死了也只是用席子卷起尸体便埋葬了。汉代的杨震、赵咨、卢植、张奂等人也都是当时的英才，是才识卓越，通晓古今的人物，他们都给后代留下了遗言，叮嘱薄葬自己。有的只是把平时穿戴的衣服清洗干净作为入殓时的服装，有的只是盖了一层帛或头戴纶巾。这是因为他们知道灵魂已经离开了身体，最好的办法是让尸骨自然地腐朽，他们的子孙也都遵照遗嘱去这么做了，直到今天还都被世人传颂为佳话。而相反的是，那些铺张浪费、大肆厚葬的人家，都是不明智不聪明的。他们被世俗间的坏习气所侵染，看不清是非好坏，分不明正确错误，一致以为奢侈的厚葬才是忠孝的表现，而节俭的薄葬是吝啬的行为。可他们可曾想过因为厚葬而让祖先的尸体被掘出，骸骨被暴晒的残忍景象吗，而这么做也使得自己落得个不忠不孝的骂名，这难道不让人痛心疾首吗？哎，真是让人痛心啊！死去的人已经没有任何感知，身体和粪土般没什么区别，为什么非要兴师动众地入殓，而将长期积累起来的财富作为陪葬呢？假设死去的人有知觉，可他的灵魂不在棺椁之内，为什么要违背父母的遗命，用穿衣吃饭的钱去进行厚葬呢？我死后，请在我入殓的时候为我穿上平时所穿的衣服，四个季节各一套就可以了。我生来不喜欢穿戴官服，一定不要把官服放在我的陵墓之中，只要将我上朝时所穿的紫色衣服和腰带放进去就足够了。希望你们不要违背我的意愿，况且神灵都是厌恶奢侈的，阴间也是崇尚简朴的。如果你们违背了我的嘱托，让我在地下受到不该有的惩罚，你们能够安心吗？希望你们好好地斟酌清楚。

诲侄等书

元 稹

告仑等：吾谪窜方始，见汝未期，粗以所怀，贻诲于汝。汝等心志未立，冠岁行登①。古人讥十九童心，能不自惧？吾不能远逾他人，汝独不见吾兄之奉家法乎？吾家世俭贫，先人遗训常恐置产怠子孙，故家无樵苏之地，尔所详也。吾窃见吾兄自二十年来，以下士之禄持窘绝之家，其间半是乞丐羁游以相给足，然而吾生三十二年矣，知衣食之所自始。东都为御史时，吾常自思：尚不省受吾兄正色之训而况于鞭笞诘责乎！呜呼！吾所以幸而为兄者，则汝等又幸而为父矣！有父如此，尚不足为汝师乎？吾尚有血诚将告于汝，吾幼乏歧嶷②，十岁知文，严毅之训不闻，师友之资尽废，忆得初读书时，感慈旨一言之叹，遂志于学。是时尚在凤翔，每借书于齐仓曹家，徒步执卷就陆姊夫师授，栖栖勤勤。其始也如此，至年十五，得明经及第，因捧先人旧书于西窗下，钻仰沉吟，仅于不窥园井矣。如是者十年，然后粗沾一命，粗成一名，及今思之，上不能及乌鸟之报复，下未能减亲戚之饥寒，抱衅终身，偷活今日，故李密云："生愿为人兄，得奉时日长。"吾每念此言，无不雨涕。汝等又见吾自御史来，效职无避祸之心，临事有致命之志，尚知之乎？吾此意，虽吾弟兄未忍及此。盖以往岁忝职谏官，不忍小见，妄于朝听，谪弃河南，泣血西归，生死无告。幸余命不殒，重戴冠缨③，常誓效死君前，扬名后代，殁有以谢先人于地下耳。呜呼！及其时而不思，既思之而不及，尚何言哉！今汝等父母天地，兄弟成行，不于此时佩服诗书以求荣达，其为人耶？其曰人耶？吾又以吾兄所识易涉悔尤。汝等出入游从亦宜切慎，吾诚不宜言及于此。吾生长京城，朋从不少，然而未尝识倡优之门，不曾于喧哗纵观，汝信之乎？吾终鲜姊妹，陆氏诸生，念之倍汝、小婢子等。既抱吾殃身之恨，未有吾克己之诚，日夜思之，若忘生次。汝因便录吾此书寄之，庶其自发，千万努力，无弃斯须。稹付仑、郑等。

【作者简介】

元稹，779～831年，字微之，河南府（今河南洛阳）人，唐朝著名诗人。父元宽，为北魏宗室魏昭成皇帝十世孙。八岁时因父亲离世而家道中落，随其母迁往娘家凤翔，虽然过着贫寒的生活，但元稹勤奋好学终有所成。贞元九年（793年）十五岁的元稹以明两经擢第，及第之初，一直无官，闲居于长安。但他没有终止勤奋学习。家庭藏书给他提供了博览群书的条件，京城的文化环境和他的广泛兴趣，陶冶了他的文化修养。次年得陈子昂《感遇》诗及杜甫诗数百首悉心读之，始大量作诗。贞元十五年（799年），初仕于河中府。贞元十八年（802年）冬，再次参加吏部试。次年春，中书判拔萃科第四等，授秘书省校书郎。贞元十九年（公元803年），二十五岁的元稹与大他八岁的白居易同登书判拔萃科，并入秘书省任校书郎，从此二人成为生死不渝的好友。元和元年（806年），举制科，对策第一，授左拾遗。后因得罪宦官，于元和四年（809 年）至大和三年（829 年）四次被贬。元稹以诗见长，与白居易齐名，世称"元白"，为新乐府运动倡导者之一。名作有传奇《莺莺传》、《菊花》、《离思五首》、《遣悲怀三首》等。现存诗八百三十余首，收录诗赋、诏册、铭谏、论议等共 100 卷，留世有《元氏长庆集》。其诗作号为"元和体"，辞浅意哀，仿佛孤凤悲吟，极为扣人心扉，动人肺腑，更为世人留下"曾经沧海难为水，除却巫山不是云"的千古佳句。

【注释】

①冠岁行登：古代男子，年至二十，便要在宗庙中行加冠的礼数。冠礼由父亲主持，并由指定的贵宾为行冠礼的青年加冠三次，分别代表拥有治人、为国效力、参加祭祀的权利。文中之意指马上就要到了加冠典礼之时。

②歧嶷：意指幼年聪慧。始出于《诗·大雅·生民》："克岐克嶷，以就口食。"

③重戴冠缨：唐代冠帽上的缨穗，意指重新为官。

【译文】

元家的各位子侄：现今我已被贬官，马上就要离开京城了，这一去不知什么时候才能够再次见到你们，所以我想要把刚刚想到的一些事情交代一下，作为临别时的赠言，希望你们能够认真听取，把它当成教诲谨记于心。鲁昭公因为十九岁时还只知道嬉戏玩耍不理政事，而遭到世人的讥笑，现在你们马上就要成年了，如果还没有确立好自己的志向，就不怕被人耻笑吗？我不用去拿很远的人做参照比较，你们难道没有看到我兄长是怎样奉行家法的吗？我们元家世世代代都有勤俭持家的美德，先祖曾传下遗训教导说，如果大量的添置良田美宅必然会滋长子孙懒惰的习性，所以现在家里没有多余的房产和田地，只有那几亩薄田可供生计，这也都是你们能够看得到的。我的兄长二十几年来一直都是以最低的俸禄来维持这个贫困至极的家，其中一半时间还要像乞丐一样在外奔波才能够满足日常所需。虽然我现在已经三十二岁了，但我真正懂得衣食来源的重要性时，是在我出任东台御史的时候。所以现在我常常反思：我曾经连自己兄长的教训和劝诫都不能接受，更别说是别人用鞭子和荆条抽打我，用严厉的语气责备我了。哎！我很庆幸能有这样的兄长，而你们也很幸运，能够有这样的父亲。这样的父亲，难道还不足以成为你们学习的榜样吗？我还有些发自内心的肺腑之言要告诉你们：我小的时候并不聪明，虽然十岁的时候懂得了一些礼法，但父亲严厉的教导我总是听不进去，师傅和朋友的劝告也充耳不闻。记得在我刚开始读书的时候，母亲的一句话令我有所感触，从此立志要做出一番名堂。那时候我在凤翔，每次要去齐仓曹家借书，然后拿着借来的书徒步走到姐夫陆翰那里去拜师求教，非常的辛苦。就在这种忙碌的情况下，长到了十五岁，那一年我去参加考试，得中了明经科举，于是我又开始捧着先人的旧书，足不出户地站在西窗下日夜苦读。像这样用功地专心读书十年后，我才勉强做了一介小官，略有了一点名气。到现在想起这些，总觉得上不能像乌鸦一样反哺去报答父母的养育之恩，下不能出力为亲戚减少饥寒之苦，却苟且度日地活到今天，实在是抱憾终生。所以，李密曾说："希望生下来是长子，这样就可以尽到长期奉养长辈的责任。"每当我想起这句话，总是忍不住泪如雨下。你们也看到了，我出任御史以来，一直尽忠职守，从没有过独善其身、中庸避祸的想法，从来都是抱着舍生忘死的态度在做事。还有，你们知道吗？我今天对你们所说的这些话，和我个人的一些想法，就算是自己的兄长在一起时也不忍心谈起。这是因为在我以前出任朝廷谏官之职时，经常无法忍住自身的种种想法，而扰乱了朝廷的秩序。在河南接到罢免的旨意时，我脸上流着泪心里滴着血，然而所有的苦痛，无论生或者死我都无法向别人诉说。幸运的是，在我有生之年还能再次为官，自此，我发誓把生命献给朝廷和皇上，一定要做到扬名于天下，只有那样，在我死后才能问心无愧地面对祖先。唉！如果真的到了那一天，因为我没有仔细斟酌好自己的今天，那么到时候再想什么也都来不及了，还能再有什么理由可说呢？现在，你们的父母还都健在，可以像天地一样保护你们，兄弟可以像手足一样帮助你们，如果这时不刻苦地钻研诗书、努力学习，为今后争取光宗耀祖的机会，那还配做人吗？还有，我见过兄长所结交的那些朋友，我认为那些人容易招致自己悔恨也会受到别人的指责，所以，你们在与人交往时一定要小心甄别和选择朋友，其实这些我本不该说的。我生长在京城这个繁华的地方，也有不少的朋友，但我从不去歌楼和妓院，也从不留恋那些喧哗的闹市，这些你们相信吗？我很少有姐妹，陆家的每一位孩子，我想起来超过了你们和婢女等。即使我有终身遗憾，又没有克制内心的毅力，日日夜夜想起这些，似乎忘记了身在何处。你们要在有空的时候将这封信寄给陆家的那些孩子，希望你们奋发图强，自觉地努力学习，不要浪费片刻光阴。元稹写给仑、郑等人。

知足常乐

白居易

　　世欺不识字，我忝①攻文笔。世欺不得官，我忝居班秩②。人老多病苦，我今幸无疾。人老多忧累，我今婚嫁毕。心安不转移，身泰无牵率。所以十年来，形神闲且逸。况当垂老年，所要无多物。一裘暖过冬，一饭饱终日。勿言宅舍小，不过寝一室。何用鞍马多，不能骑两匹。如我优幸身，人中十有七。如我知足心，人中百无一。傍观愚亦见，当己贤多失。不敢论他人，狂言示诸侄。

【作者简介】

　　白居易，772～846 年，唐代大诗人。字乐天，晚号香山居士。其先太原（今山西）人，后迁居下邽（今陕西渭南）。贞元十六年（800 年）进士，授秘书省校书郎。后入翰林为学士，官至刑部尚书。在文学上积极倡导新乐府运动，主张"文章合为时而著。歌诗合为事而作"，强调继承优良传统和杜甫的创作精神。他的诗通俗易懂，抨击强权，揭露时弊，同情人民疾苦，对现实主义诗歌的发展有卓著贡献。白居易的诗歌题材广泛，形式多样，语言平易通俗，有"诗魔"和"诗王"之称。有《白氏长庆集》传世，代表诗作有《长恨歌》、《卖炭翁》、《琵琶行》等。

【注释】

①忝：辱，有愧于，常用作谦辞。

②班秩：指官员的品级。

【译文】

世人专门欺负那些不识字的人，而我却惭愧地从事于文章和写作方面的工作；世人专门欺负那些没有官职的人，而我却惭愧地作为一个有官级的人。人岁数大了总会有一些疾病缠身，庆幸的是我现在并没有什么病症；人老了总会莫名多出许多忧虑的事情，而我的儿女如今都已经婚嫁，自然心中没有任何牵绊，过得平平安安悠然自得。所以这十多年来，我从身体到精神都很放松，过得也很舒适安逸。如今我已经步入暮年，也没有什么过多的要求，一件皮衣服就可以安稳地度过寒冷的冬天，一天即使只吃一顿饭也可以整天都没有饥饿的感觉。不要在意家里的房子很小，每天晚上睡觉不也只能睡一间而已嘛，不要置备那么多鞍马，每次不也是只能骑一匹吗。像我这样幸运的拥有健康的人，十个人中有七个；但像我这样有知足常乐心态的人，一百个人里也没有一个。如果作为一个旁观者，即使他很愚笨也会清楚地看明白，但是如果把这件事放在自己身上，就算是个聪明人也未必能做到。这些话我不敢随便地拿去教诲别人，只能以一个长辈的狂妄之言去告诉你们这些孩子了。

从政不可不守

颜真卿

政可守，不可不守。

吾去岁中言事得罪，又不能逆道苟时，为千古罪人也。虽贬居远方，终身不耻。汝曹当须会吾之志，不可不守也。

【作者简介】

颜真卿，708～784 年，字清臣。京兆万年（今陕西西安）人。唐玄宗开元年间进士。官至监察御史，因忤杨国忠，出为平原太守。安禄山叛，与从兄杲卿起兵，周围十七郡响应。肃宗时迁御史大夫，因被谗言所中伤，多次遭贬。代宗时封鲁郡公，世称颜鲁公。德宗时，李希烈反，奸相卢杞建言派颜真卿前往宣谕，被扣押，持节不屈，因而被害。颜真卿为人刚正清廉，担任高官后还举家食粥。善正、草书，笔力沉着雄浑，为世所宝，称颜体。与赵孟頫、柳公权、欧阳询并称为"楷书四大家"。又与柳公权并称"颜柳"。著有《颜鲁公集》。

【译文】

如果从事国家政务就要恪尽职守，绝对不可以不守职责与本分。

我去年因为耿直进言而得罪了当权者，可我不能因为曲意逢迎错误的事而去违背道义，成为千古唾骂的罪人。虽然我现在被贬官逐往远方，但我终生都不会后悔也不会因此而感到羞耻。你们应该知晓我做人的志向和观点，绝对不能不恪守自己的职责。

诫子弟书

柳玭

夫门第高者，可畏而不可恃①。可畏者：立身行己一事有坠先训，则罪大于他人。虽生可以苟取名位，死何以见祖先于地下？不可恃者：门高则自骄，族盛则人之所嫉。实艺懿行，人未必信，纤瑕微累，十手争指②矣。所以承世胄者，修己不得不恳，为学不得不坚。

夫人生世，以己无能而望他人用，以己无善而望他人爱，无状则曰："我不遇时，时不急贤。"亦犹农夫卤莽种之，而怨天泽之不润，虽欲弗馁，其可得乎！

予幼闻先训，讲论家法。立身以孝悌为基，以恭默为本，以畏怯为务，以勤俭为法，以交结为末事，以弃义为凶人。肥家以忍顺，保友以简敬。百行备，疑身之未周；三缄密，虑言之或失。广记如不及，求名如倘来。去奢与骄，庶几减过。莅官则洁己省事，而后可以言守法，守法而后言养人。

直不近祸，廉不沽名。廪禄虽微，不可易黎氓之膏血；榎楚③虽用，不可恣褊狭之胸襟。忧与福不偕，洁与富不并。比见家门子孙：其先正直当官，耿介特立，不畏强御；及其衰也，唯好犯上，更无他能。如其先逊处，处己和柔，保身以远悔尤；及其衰也，但有暗劣，莫知所宗。此际几微，非贤不达。

夫坏名菑己，辱先丧家，其失尤大者五，宜深志之。——其一：自求安逸，靡甘淡泊，苟利于己，不恤人言。其二：不知儒术，不悦古道，懵前经而不耻，论当世而解颐，身既寡知，恶人有学。其三：胜己者厌之。佞己者悦之，唯乐戏谭，莫思古道。闻人之恶扬之，浸渍颇僻，销刓德义，簪裾徒在，厮养何殊。其四：崇好慢游，耽嗜麹蘖，以衔杯为高致，以勤事为俗流，习之易荒，觉已难悔。其五：急于名宦，暱近权要，一资半级，虽或得之，众怒群猜，鲜有存者。兹五不逊，甚于痤疽，痤疽则砭石可疗，五失则巫医莫及，前贤炯诫，方册具存，近代覆车，闻见相接。

夫中人以下，修辞力学者，则躁进患失，思展其用；审命知退者，则业荒文芜，一不足采。唯上智则研其虑，博其闻，坚其习，精其业，用之则行，舍之则藏。苟异于斯，岂为君子！

【作者简介】

柳玭，生卒年不详。唐末京兆华原（今陕西耀州区东南）人。柳家世代高官，门第显赫，又以严格教育子弟出名，被后人誉为"柳氏家法"。

【注释】

①恃：倚仗。

②指：指责。

③榎楚：施罚的刑具。

【译文】

　　家世显赫的人，可以畏惧却不可以倚仗。可畏惧的是：自己立身处世，一旦有一事辱没了祖先教训，则罪过大于别人。即使活着时可以苟且高官爵位；但死之后在地下以何面目面对祖先呢？不可倚仗的是：门第高就会骄傲，宗族显盛就遭人妒忌。即使有了真才实学或美善的品行，别人也不一定相信，但若有一点瑕疵或受了牵连，人们就争着指责。所以世代官宦人家的子弟，修身不可不诚，学识不可不坚。

　　一个人活在世上，本身没有才能却希望得到别人的重用，自身没有善德却希望得到别人的喜爱，没有成就时，就说："我运气不好，当世不急于用贤啊！"这就像农夫草率地耕作，却埋怨上天没有让他得到好的收成，如此这般还想不挨饿，可能吗？

　　我自幼听闻先人教训，讲论治家的法则。为人处世要以孝悌做基础，以恭敬沉默做本性，以畏惧戒惧为务实，以勤劳节俭做法则，把结交应酬放在最后，以违弃义理的人做凶邪不祥的人。用忍耐恭顺的品格来丰厚家道，用简洁恭敬的态度来与朋友交往。尽力修养品德，还怀疑仍有未完备之处；谨慎地发言，仍担心言语有失。唯恐来不及广泛地充实自己，也不刻意地营求名声。去掉吝啬与骄气，希望能减少过失。做官洁身自重，办事简洁，然后才谈得上守法，能够守法之后，才能够教导百姓。

　　正直为官，远离凶祸，持身清廉，不刻意钓取名誉。俸禄虽少，不可轻视百姓辛劳的血汗；施罚的器具虽然可以使用，不可偏颇不公。忧祸与福祉不能共存，廉洁与财富不能并在。相对比地看看各家的子孙：先祖若是正直做官，光明磊落，不畏惧权势豪强的，到衰微之时，子弟虽然也会冒犯长辈，但不致有其他坏事；如果先人谦逊处世，为人平和柔顺，持身自爱来远离过失，到衰微之时，也只会有小恶，不致有明显的大错。这其中的征兆，除非是贤达的人，否则不会洞悉。

丑恶的名声，不仅为自己带来灾害，也辱没先人，败坏家门，那些过失中最严重的五项，应深记在心。第一，贪图享乐，不甘于淡泊，只要是对自己有利的事，就不顾众人的批评执意去做。第二，不通晓儒家道术，不爱学古人正道，对于古代经书懵然不知，却不以为可耻，谈论当今事物，就觉得愉快，本身既已浅陋寡闻，却厌恶别人有学识。第三，胜过自己的人就厌恶他，巴结自己的人就喜欢他，只喜欢风趣诙谐的谈话，不去思虑古人的正道。听到别人的缺失就四处传播，沾染偏邪不正之气，败坏德义，虽然穿戴着华贵的服饰，又和卑贱的徒役有什么不同？第四，喜好游乐，酷爱饮酒，自认喝酒是清高洒脱的事，将勤谨做事视为俗气，学识已经荒废，觉悟时追悔莫及。第五，急于追求名声和地位，亲近权贵要人，官位虽然会因此升迁，但是引得众人不满，群相疑忌，很少有能安身立足的。这五项过失，比痤疮还可怕，痤疮可以用针药治疗，这五项过失则巫医也治不好，前辈先德之人明澈的警诫，都记载在典籍中，近代人失败的例子，也时有所闻。

资质在中等以下，能修习学艺、奋勉求进的人，会性急进取，患得患失，一心急着想要施展自己的才能抱负；而谦退自安的人，学艺往往会荒怠，无所长进，以致没有一点可取之处。只有上等智慧的人能深入思考，广闻博见，专心致志地学习，专精学艺，可以用于世，就出来做官，不可用于世，就隐退。如果做不到这样，哪能算得上君子呢！

与诸子及弟侄

范仲淹

吾贫时，与汝母养吾亲，汝母躬执爨^①而吾亲甘旨^②，未尝充也。今得厚禄，欲以养亲，亲不在矣。汝母已早世，吾所最恨者，忍令若曹^③享富贵之乐也。

吾吴中宗族甚众，于吾固有亲疏，然以吾祖宗视之，则均是子孙，固无亲疏也，苟祖宗之意无亲疏，则饥寒者吾安得不恤也。自祖宗来积德百余年，而始发于吾，得至大官，若独享富贵而不恤宗族，异日何以见祖宗于地下，今何颜以人家庙乎？

京师交游，慎于高议，不同当言责之地。且温习文字，清心洁行，以自树立平生之称。当见大节，不必窃论曲直，取小名招大悔矣。

京师少往还，凡见利处，便须思患。老夫屡经风波，惟能忍穷，固得免祸。大参到任，必受知也。惟勤学奉公，勿忧前路。慎勿作书求人荐拔，但自充实为妙。将就大对，诚吾道之风采，宜谦下兢畏^④，以副士望。

青春何苦多病，岂不以摄生为意耶？门才起立，宗族未受赐，有文学称，亦未为国家用，岂年循常人之情，轻其身汩其志哉！

　　贤弟请宽心将息，虽清贫，但身安为重。家间苦淡，士之常也，省去冗⑤口可矣。请多著工夫看道书，见寿而康者，问其所以，则有所得矣。

　　汝守官处小心不得欺事，与同官和睦多礼，有事只与同官议，莫与公人商量，莫纵乡亲来部下兴贩，自家且一向清心做官，莫营私利。汝看老叔自来如何，还曾营私否？自家好，家门各人好事，以光祖宗。

【作者简介】

　　范仲淹，989～1052 年，字希文，苏州吴县人。北宋著名政治家、文学家。幼年丧父，依靠苦读，在二十六岁时中进士。为官清廉，关心民生疾苦。然一生坎坷，几遭贬斥，仍不改初衷。康定元年（1040 年），与韩琦共同担任陕西经略安抚招讨副使，采取"屯田久守"方针，巩固西北边防。庆历三年（1043 年），出任参知政事，上疏《答手诏条陈十事》，提出十项改革措施。庆历五年（1045 年），新政受挫，范仲淹被贬出京，历任邠州、邓州、杭州、青州知州。皇祐四年（1052 年），改知颍州，范仲淹扶疾上任，行至徐州，与世长辞，享年六十四岁，谥号文正，世称范文正公。其《岳阳楼记》"先天下之忧而忧，后天下之乐而乐"之句乃为千古传诵，令后世感佩不已。范仲淹有子四人——纯祐、纯仁、纯礼、纯粹，皆有名于时。纯祐十岁即"读诸书"，佐父亲戍边，中年早逝。纯仁 1049 年中进士，父亲去世后出山为官，为政宽简，政声颇好，乃为宰相。纯礼官至礼部尚书，以况毅刚正、为人宽仁著称。纯粹历任知州，加龙图阁直学士。

【注释】

①爨：烧火做饭。

②甘旨：甜美，美味的食物。

③若曹：你们。

④兢畏：敬重、谨慎。

⑤冗：多余的，不必要的。

【译文】

我贫穷的时候，和你们的母亲一起侍奉我的母亲，你们的母亲亲自烧火，煮一些简陋的饭菜，而我的老母也吃得津津有味，就这样一直过着并不富裕的生活。现在我当了官，俸禄也多了起来，想要孝敬长辈，可遗憾的是她们已经不在人世了。而我这一生最遗憾和悔恨的事情，就是你们母亲过早的离世，我怎么忍心让你们过着富贵享受的生活。

在吴中我们家族的子弟很多，跟我的关系也有亲近和疏远的，然而以同祖同宗的角度去看，大家都是一个家族的子孙，所以不应该有什么亲疏之别。若是以都是一个先祖的观点去看，那么多忍饥挨饿的人我又怎么能不去帮助他们呢？从先祖的积累的德行传至现在已经百余年了，从我开始做了大官，如果我自己独自享受富贵而不去周济自己的同宗族人，他日我死后有什么面目去地下见祖先，又有什么脸面进入家庙受后人祭祀呢？

在京城行走结交，要谨慎小心地说话办事，这里不是随便发表意见的地方。还要勤加学习，清心寡欲、洁身自好，树立一个正直的形象，凡事应该以大局出发，看大节大义，不要私下里议论是非，不要因为小小的利益和名声招来大的灾祸导致后悔莫及。

京师最好还是能少来就少来，凡是见到有利益的事情，要多想想后面可能导致的祸患。我经历了很多大风大浪，能够忍受住利益的诱惑坚守简朴，所以才能够避开灾祸。大的官员到来，一定会有人受到赏识，只需要勤学奉公，就不用担心前途。要切记不要随便写信求别人推荐提拔，只要自己充实好自己就好了。跟随大义做正确的事情，才能够体现出我们的风采，要谦虚谨慎，不要辜负了人们对你的期望。

年纪轻轻的为什么会有很多病痛，难道是平时不注意保养自己的身体吗？门风刚刚确立，宗族还没有什么功绩，没有受到过赏赐，有文才和职位，但还没有被国家所重用，怎么能像平庸之辈一样，不爱惜自己的身体而让抱负不能实现呢！

兄弟，你要放宽心好好地休息，虽然日子清贫，但身体更重要。家庭生活过得清苦淡泊，但很多名士都是这样的，只要省去了多余的人吃饭就可以了。平时有时间的时候多看一下道家养生的书籍，见到长寿且健康的人可以向人家多多请教，自然就会有收获了。

你们做官期间要小心，切不要做欺上瞒下的事情，要和同事保持和睦礼让的关系，有事情要和同事多商量，不要和手下的差役商量。不要放纵乡亲来这里做买卖获取利益，自己要做个清正廉洁的好官，不可结党营私，谋求私利。你们看作为叔叔的我，可曾谋取过私利吗？自己做好自家的事情，约束好自己和家人，才能够光宗耀祖。

诫 子 孙

贾昌朝

今诲汝等，居家孝，事君忠，与人谦和，临下慈爱。众中语涉朝政得失，人事短长，慎勿容易开口。仕宦之法，清廉为最，听讼务在详审，用法必求宽恕。追呼决讯，不可不慎。吾少时见里巷中有一子弟，被官司呼召证人置语①，其家父母妻子见吏持牒至门，涕泗不食，至暮放还乃已。是知当官莅事②，凡小小追讯，犹使人恐惧若此；况刑戮所加，一有滥谬，伤和气、损阴德莫甚焉。《传》曰：上失其道，民散久矣，如得其情，则哀矜而勿喜③。此圣人深训，当书绅而志④之。

吾见近世以苛剥为才，以守法奉公为不才；以激讦⑤为能，以寡辞慎重为不能。遂使后生辈当官治事，必尚苛暴，开口发言，必高诋訾⑥。市怨贾祸，莫大于此。用是得进者，则有之矣，能善终其身，庆及其后者，未之闻也。

复有喜怒爱恶，专任己意。爱之者变黑为白，又欲置之于青云；恶之者以是为非，又欲挤之于沟壑。遂使小人奔走结附，避毁就誉⑦。或为朋援，或为鹰犬，苟得禄利，略无愧耻。吁，可骇哉！吾愿汝等不厕其间。

又见好奢侈者，服玩必华，饮食必珍，非有高资厚禄，则必巧为计划，规取货利，勉称其所欲，一旦以贪污获罪，取终身之耻，其可救哉！

【作者简介】

贾昌朝，998～1065 年，字子明，真定获鹿（今属河北）人。历任宜兴、东明知县，迁尚书礼部郎中、史馆修撰，擢知制诰，进龙图阁直学士、权知开封知府。庆历三年（1041 年）拜参知政事，尚书右仆射。嘉祐元年（1056 年），封许国公。英宗即位，进封魏国公。他从政数十年，历任显要职务，熟悉官场习气。著作有《群经音辨》、《通纪时令》、《奏议文集》百二十二卷。其著作《群经音辨》是一部专释群经之中同形异音异义词的音义兼注著作，集中而又系统地分类辨析了唐陆德明《经典释文》所录存的群经及其传注中的别义异读材料，并对这些材料作了音义上的对比分析，同时还收集、整理了不少古代假借字、古今字、四声别义及其他方面的异读材料，有助于读书人正音辨义，从而读通经文及其注文。

【注释】

①罢语：罢，责骂。罢语，指骂人的词语。

②莅事：视事，处理公务。

③则哀矜而勿喜：哀矜，怜悯。指对遭受灾祸的人要怜悯，不要幸灾乐祸。

④书绅而志：把要牢记的话写在绅带上，时刻提醒自己。

⑤激讦：激烈率直地揭发、斥责别人的隐私、过失。

⑥诋訾：毁谤非议。

⑦避毁就誉：回避诋毁而追求称誉。

【译文】

今天教诲你们，居家中要懂得孝顺长辈，在朝为官要懂得忠君为国，待人要和善谦恭，对待晚辈要慈爱。但众人谈话时涉及朝政得失问题，人员是非时，要谨慎小心，不可随意开口。做官最重要的是要清正廉明，办理案件时一定要详加审查，追查案件、传唤证人、决定判罚时，一定要慎之再慎。我年轻的时候曾经见过在同一个巷子里住着的人，被官府叫去做证人，以证明是否有人曾经骂人，他的父母妻子看到官吏手持公文来到家里，立刻吓得哭泣不止，以致担心得连饭都吃不下，直到晚上那个人被放回家后，一家人才将悬着的心放了下来。由此可见作为官员审理案件，即使是小小的传讯，也会让百姓感到恐慌，更不要说加上刑罚了，如果因为在审理案件的过程中有错误的语言和判罚，往小说会伤了祥和的气氛，往大看更是会损了阴德。《传》里曾说过：如果统治者背德丧道，那么就会有越来越多的百姓疏远他，如果你清楚他们的情况，就要怜悯他们而不是幸灾乐祸。这是圣人千百年来传下的训诫，应当写在衣带上时刻提醒自己牢牢记住。

我发现近来人们以严苛的治理方法视为有才干，将奉公守法视为没本事，以揭人短处和隐私视为有能力，以谨言慎行视为没能力。于是一些年轻人当官处理政务时，总是崇尚苛刻、严酷的方法。张口说话，总是高声地诋毁他人，再没有比这样更招惹灾祸的了，像这样的做法，暂时还能让人升官发财，但能够善始善终，并把福气带给后代的，我就从来没听说过了。

还有的人喜好和厌恶，都任由一己私意来决定，把自己喜欢的人从黑变成白，甚至还想将他放到很高的位置上去，对他厌恶的人，则把真的变成假的，对的变成错的，还想把人家排挤到无法容身的地步。所以这些小人奔走相告，结成党羽投靠权佞，做着不顾指责追求利益的事情。这些人有的结成党羽，有的成为走狗，只要能得到功名利禄，他们哪还会知道什么是廉耻。唉，真是让人惊骇啊！我希望你们千万不要与这些人为伍。

还有一些喜欢奢侈生活的人，穿衣打扮、兴趣爱好总是追求华丽的，饮食总是吃最珍稀的，他们就算没有丰厚的财产，肯定会想尽办法去搜刮钱财来满足自己的欲望。一旦因为贪污而导致犯罪，招来终生耻辱的骂名，还能有什么可救的呢？

与十二侄

欧阳修

　　自南方多事以来，日夕忧汝，得昨日递中书，知与新妇诸孙等各安，守官无事，顿解远想。吾此哀苦如常。欧阳氏自江南归明，累世蒙朝廷官禄，吾今又被荣显，致汝等并列官常，当思报效。偶此多事，如有差使，尽心向前，不得避事。至于临难死节，亦是汝荣事，但存心尽公，神明亦自佑汝，慎不可避事也。昨书中言欲买朱砂来，吾不缺此物。汝于官下宜守廉，何得买官下物？吾在官所，除饮食物外，不曾买一物，汝可守此为戒也。已寒，好将息不具。

【作者简介】

　　欧阳修，1007～1072年，北宋文学家、史学家。字永叔，号醉翁，晚号六一居士，吉水（今属江西）人。天圣进士，曾任枢密副使、参知政事。早年支持范仲淹主持的"庆历新政"，要求在政治上有所改革。神宗即位，因议新法，与王安石意见不合，坚请致仕，卒谥"文忠"。所作文章说理畅达，抒情委婉，为北宋古文运动领袖。后人将其与韩愈、柳宗元和苏轼合称"千古文章四大家"。与韩愈、柳宗元、苏轼、苏洵、苏辙、王安石、曾巩合称为"唐宋八大家"。欧阳修是在宋代文学史上最早开创一代文风的文坛领袖。领导了北宋诗文革新运动，继承并发展了韩愈的古文理论。他的散文创作的高度成就与其正确的古文理论相辅相成，从而开创了一代文风。欧阳修在变革文风的同时，也对诗风词风进行了革新。在史学方面，也有较高成就。曾与宋祁合修《新唐书》，独撰《新五代史》，著有《欧阳文忠公集》等。

【译文】

自从南面传来的事情越来越多，我日夜都在为你担心，收到你昨天递来的书信，得知新娘子和孙子们都安然无恙，你做官期间也平安无事，我这才放下长久以来悬着的心。只是我在这里的忧愁和苦闷还是老样子。欧阳氏家族自从江南归朝，世代都被朝廷恩宠且授以官爵，我现在又得以被追加荣誉和地位，而你们也都加官进爵了，一定要记得报效国家啊。在现今这个多事之秋，如果国家有用的着你们的地方，一定要尽心尽力、一往直前，不要逃避责任。就算遭遇了灾祸失去了生命，那也是你们的荣誉。只要有着一颗报效国家的赤胆忠心，神明自会保佑你们，切不可躲避在后不敢承担事情啊。昨天你信中说要买些朱砂给我，我并不缺少这个。你为官要做到清正廉洁，怎么能够拿公家的东西作为私用呢？我从前做官时，除了饮食之外，没有买过一件东西，你一定要以此为戒。现在天气已经转寒了，希望你好好休息。

训俭示康

司马光

吾本寒家，世以清白相承。我性不喜华靡，自为乳儿，长者加以金银华美之服，辄羞赧弃去之。二十忝①科名，闻喜晏独不戴花。同年曰："君赐不可违也。"乃簪一花。平生衣取蔽寒，食取充腹，亦不敢服垢弊以矫俗干名②，但顺吾性而已。众人皆以奢靡为荣，吾心独以俭素为美。人皆嗤我固陋，吾不以为病，应之曰："孔子称：'与其不孙也宁固'③，又曰：'以约失之者鲜矣。'又曰：'士志于道而耻恶衣恶食者，未足与议也！'古人以俭为美德，今人乃以俭相诟病，嘻，异哉！"

近岁风俗尤为侈靡，走卒类士服，农夫蹑丝履。吾记天圣中先公为郡牧判官，客至未尝不置酒④，或三行五行，多不过七行，酒酤于市，果止于梨、栗、枣、柿之类，肴止于脯、醢⑤、菜羹，器用瓷、漆，当时士大夫家皆然，人不相非也。会数人礼勤，物薄而情厚。近日士大夫家，酒非内法，果、肴非远方珍异，食非多品，器皿非满案，不敢会宾友，常数营聚，然后敢发书。苟或不然，人争非之，以为鄙吝，故不随俗奢靡者盖鲜矣。嗟乎，风俗颓弊如是⑥，居位者虽不能禁，忍助之乎？

又闻昔李文靖公为相，治居弟于封丘门内，厅事前仅容旋马，或言其太隘，公笑曰："居弟当传子孙，此为宰相听事诚隘，为太祝、奉礼听事已宽矣。"参政鲁公为谏官，真宗遣使急召之，得于酒家。既入，问其所来，以实对。上曰："卿为清望官，奈何饮于酒肆？"对曰："臣家贫，客至无器皿、肴、果，故就酒家觞⑦之。"上以无隐，盖重之。张文节为相，自奉养如为河阳掌书记时，所亲或规之曰："公今受俸不少而自奉若此，公虽自信清约，外人颇有公孙布被之讥。公宜少从众。"公叹曰："吾今日之俸，虽举家锦衣玉食，何患不能？顾人之常情，由俭入奢易，由奢入俭难。吾今日之俸岂能常有？身岂能常存？一旦异于今日，家人习俗已久，不能顿俭，必致失所。岂若吾居位去位、身在身亡常如一日乎？"呜呼！大贤之深谋远虑，岂庸人所及哉？

御孙曰："俭，德之共也。侈，恶之大也。"共，同也，言有德者皆由俭来也。夫俭则寡欲，君子寡欲则不役于物，可以直道而行，小人寡欲则能谨身节用，远罪丰家，故曰："俭，德之共也。"侈则多欲，君子多欲则贪慕富贵，枉道速祸，小侈欲则多求妄用，败家丧身，是以居官必贿，居家必盗，故曰："侈，恶之大也。"

昔正考父饘粥以糊口，孟僖子知其后必有达人。季文子相三君，妾不衣帛，马不食粟，君子以为忠。管仲镂簋朱绂⑧，山节藻棁⑨，孔子鄙其小器。公孙文子享卫灵公，史鳅知其及祸；及戌，果以富得罪出亡。何曾日食万钱，至子孙骄溢倾家。石崇以奢靡夸人，卒以此死东市。近世寇莱公豪奢冠一时，然以功业大，人莫之非。子孙习其家风，今多穷困。其余以俭立名，以侈自败者多矣，不可遍数，聊举数人以训汝。汝非徒身当服行，当以训汝子孙，使知前辈之风俗云。

【作者简介】

司马光，1019～1086 年，字君实，号迂叟，陕州夏县（今山西夏县）涑水乡人，世称涑水先生。北宋政治家、史学家、文学家。宝元进士。仁宗时，初任地方官，后为京官，任天章阁待制兼知谏院。英宗时，进龙图阁直学士。神宗初，任翰林兼侍读学士。在政治上，他反对王安石行新法；神宗任他为枢密副使，他辞归洛阳隐居十五年，潜心撰《资治通鉴》。哲宗元祐初，太皇太后高氏听政，召他主持国政，旋任尚书左仆射兼门下侍郎，为相八个月病卒。卒赠太师、温国公，谥文正，为人温良谦恭、刚正不阿；做事用功刻苦、勤奋。以"日力不足，继之以夜"自诩，其人格堪称儒学教化下的典范，历来受人景仰。其所撰《资治通鉴》是一部重要的编年体中国历史典籍，凡二百九十四卷，为其最为著名的代表作品。另《涑水家仪》和《家范》，对后世也影响较大。生平著作甚多，主要有《司马公文集》《稽古录》、《涑水记闻》、《潜虚》等。

【注释】

①忝：有愧于，常做谦虚之意。

②矫俗干名：矫，违背；干，追求；指故意违背世俗去获取名声。

③与其不孙也宁固：出自《论语·述而》。孙，同"逊"，恭顺。不孙，即不谦逊，骄傲自大。固，简陋、鄙陋。这里是寒酸的意思。孔子说："奢侈了就会变得骄傲，节俭了就会流于固陋。与其骄傲自大，我宁可寒酸固陋。"

④置酒：置指陈设。文中之意为准备酒宴。

⑤醢：用肉、鱼等制成的酱。

⑥颓弊如是：颓指颓废、堕落。弊指错误。文中之意为颓废堕落的现象到了如此地步。

⑦觞：古代的一种酒器。文中之意为饮酒。

⑧镂簋朱绂：镂，刻；簋，盛食物的器具；朱，涂上红彩；绂，古代帽子的系带。用刻有花纹的簋和红色的帽带，形容生活的奢华。

⑨山节藻棁：古代天子的庙饰。山节，刻成山形的斗拱；藻棁，画有藻文的梁上短柱。后用以形容居处豪华奢侈，越等僭礼。

【译文】

　　我出生在一个历代贫寒的家庭，清正、节俭的家风作为古训历代传承。我的性格也崇尚简朴，不喜欢华丽奢侈。在我幼年时，每当长辈们给我置备金银和华美的衣服时，我都会因此而脸红感到羞愧甚至不愿意穿。二十岁那年，我通过刻苦学习考中了进士，在皇帝亲自举办的琼林宴会上，唯独我不愿意戴花。于是同科考举的人对我说："这是皇帝御赐的荣誉象征，不可以拒绝的。"这样，我才勉强戴上了一支花。平时穿衣，我一向奉行只要可以御寒即可，饮食方面只要能够吃饱就够，没有什么别的要求。当然，并不是我故意要穿上破旧肮脏的衣服来显示自己的与众不同，拿它来在朝廷中沽名钓誉，只是我的确从小不讲究吃穿，现在的行为也只是延续自己的性格罢了。很多人都以拥有奢华的生活为荣，我却独独认为节俭朴素才是真正的美德。人们都在讥笑我的寒酸，但我不认为这是缺点和坏事。我回答他们说："孔子曾说过，奢侈就会变得骄傲，节俭就会流于固陋。与其骄傲自大，我宁可寒酸固陋。"孔子还曾说："一个人如果有节俭的美德，那么他一定会严格约束自己的行为，很少会犯错误。还说，读书人都有追求真理的志向，但如果因为自己吃粗粮穿旧衣而感到耻辱，那这样的人不值得和我一起讨论学问。"古人以节俭朴素为美德，现在的人却认为简朴是一件羞耻的事情，还因此讥笑他人，哈哈，这真是一件令人称奇的怪事啊！

近些年来，社会上的奢侈的风气越来越严重了，就连差役、马夫们也穿着和读书人一样的衣服，耕地的农家也穿上了丝织的鞋子。我还记得仁宗天圣中期，我的父亲出任群牧判官的时候，家中有客人到访，虽然备有酒菜，但席间也只是劝酒三次或五次而已，最多也没有超过七次。酒是从街上买来的，下酒的果品也只是梨、栗、枣、柿之类，菜不过就是干肉、肉酱、菜羹等，盛菜的盘子碗碟还有酒具也只是普通瓷器、漆器。当时的士大夫家招待宾客也基本都是如此，并没有人觉得这样做有什么不妥。那时，亲戚和朋友之间聚会很多，礼尚往来也比较频繁，但花费并不多，大家之间的情谊却很深厚。可是，现在的士大夫家里，如果没有按照宫廷中酿酒的方法准备酒，没有从远方采购来的珍稀水果和菜肴作为下酒菜，或者品类不够丰富，盛酒菜的食具不够精美，没能将餐桌摆满，是不敢招待宾客的。他们通常是经过很长的时间进行筹备，购置齐备了所有的珍贵物品，才发帖邀请亲朋好友，如果不这样做，旁人都会争相议论，耻笑主家吝啬。在这样崇尚奢侈的社会风气下，唉！能够不随波逐流保持清醒的人实在是太少了。这种颓废、奢靡的风气已经到了如此严重的地步，我们这些当官的人就算不能将它完全禁止，难道还忍心去助长这样的行为吗？

我还听说过去文靖公李沆当宰相时，把家宅建造在封丘门内，厅堂前面的地方只够一匹马转个身。有人说，你作为当朝宰相，住在这个地方也实在太小了。李公笑着说："房屋住宅是要传给子孙后代的，这个地方作为宰相办公的厅堂，的确是显得小了一些，但是作为掌管祭祀祈祷的太祝和掌管礼仪的官员议事的厅堂来说，已经是很宽了。"参知政事鲁宗道公当谏官时，有一次宋真宗派人来紧急召他进宫，使者在酒店找到了他。到了宫内，真宗问他从哪里来，鲁公把从酒店来的真实情形告诉了皇上。皇上问："爱卿素来以清正廉明享誉朝廷，怎么也会到酒店中饮酒呢？"鲁公回答说："臣家中贫寒，没有招待客人用的酒杯和餐具，所以只能到酒店去招呼宾客。"鲁公虽然生活清贫，但不因此感到羞愧，他毫不隐瞒地将事实告诉皇上，所以真宗更加信任他，更加重用他。文节公张知白当了宰相后，生活还像当初任河阳当书记官时一样，所有亲朋好友都劝说他道："阁下如今已身为万人之上的宰相，每年的俸禄已经不少了，可你家的生活还过得如此清贫，虽然你自己认为这么做是清廉节俭，但外人却会讥笑你像公孙弘一样'吝啬'，说你是在装穷，只是沽名钓誉罢了，你应该向众人看齐才对啊！"文节公叹了口气说："我现在当宰相的俸禄，可以保证让全家穿得起绫罗绸缎，吃得起山珍海味，这么做没有什么困难的。但是应该想一想人生无常这句话，从简朴到奢侈很容易，可从奢华再到简朴就很困难了。我今天的地位和财富，难道会永远不变吗？如果有一天，我的地位不在了，收入也没这么多了，而家里的人却都过惯了奢侈的生活，他们不可能马上就能适应再回到简朴的生活，那样，必然会生出很多事端，因此，我还不如选择当宰相不当宰相都一个样，死了和活着都保持一样的生活水准为好。"唉！你看，这些圣贤之人的深谋远虑是多么的智慧啊，他们的远见卓识哪里是碌碌无为之辈能够理解和相比的呢？

御孙说过："简朴和美德是相互通达的；而奢侈是最大的恶习。"同时存在就是相通和合理的。这就是说，道德品质高尚的人，都同时有着勤俭的美德。因为勤俭，一个人就不会有过多的欲望。真正的君子会淡泊欲望，所以不会被物质所迷惑和支配，就可以顺着正确的道路和真理去做事。而普通人如果能克制自己的欲望，就会小心谨慎地做事，避免灾祸的降临，能够让家庭慢慢地富足起来。所以说："简朴和美德是相辅相成的。一个人生活奢侈，必定会有很多过分的欲望。如果君子的欲望过多，就会变得贪图富贵，走上邪路，从而迅速招来灾祸；如果普通人的欲望过多，就会变得贪得无厌，没有节制，以致丢了性命败了家产。让这样的人去做官，必定会受贿，这样的人当家，也必定会沦为盗匪。所以说，奢侈是最大的恶习。"

从前，春秋时期的正考父以饘粥糊口勉强度日，鲁国大夫孟僖子看到后说，他的后代中肯定会出现贤达的人。鲁国大夫季文子曾经出任过三位国君的相，但是妻妾却没有一件绢帛料子的上等衣服，家里的马匹也从来不用粮食饲养，所以国君非常欣赏他的忠正廉洁。管仲在出任齐国宰相之时，自恃功高，生活非常奢侈腐化，他的食器都是雕花的，帽子专门挑昂贵的戴，房屋里的柱子上也都雕刻着花纹饰物，孔子对此非常鄙视，认为管仲的行为很媚俗，不大气。卫国大夫公叔文子大摆宴席招待卫灵公，卫灵公欣然赴宴，席间挥霍浪费极大。大夫史鳝警告他说："你就快要大祸临头了！如此讲究排场，贪图享乐，灾祸将会降临到你子孙的头上！"几年后，果然不出史鳝所料，在公叔文子死后，他的儿子公叔戍因为贪赃枉法，被卫灵公驱逐出卫国。晋朝太尉何曾生活奢侈，每天光花在饮食上的钱就要一万钱，即便如此，他还总是抱怨菜品不够丰富，致使自己没有下筷子的地方，很是没有食欲。他的子孙也沾染了他的习气，和他一样奢侈糜烂，最后导致倾家荡产。晋朝太仆石崇经常在别人面前夸耀他的奢侈、豪华，最后因此而被杀死在东市。近代莱国公寇准豪华奢侈的程度堪称当时之冠，只是因为他的功劳很大，人们不敢指责他，而他的后世子孙也传承了这种恶习，到现在，大多数都已经穷困潦倒了。像这种以勤俭立业而闻名，以奢侈浪费而败落的例子多得数不胜数，我不可能一一例举，仅仅是上面说到的这些事情，足可以教育你了，你今后一定要谨记勤俭持家，也要告诫和教育自己的子孙，让他们也懂得我家世代先祖俭朴的家风遗训。

与侄千之书

苏 轼

　　独立不惧者，惟司马君实与叔兄弟耳。万事委命，直道而行，纵以此窜逐①，所获多矣。

　　因风寄书，此外勤学自爱。近年史学凋废，去岁作试官，问史传中事，无一两人详者。可读史书，为益不少也。

【作者简介】

　　苏轼，1037～1101年，字子瞻，又字和仲，号东坡居士。宋眉州眉山（今四川眉山市）人。苏洵之子，宋仁宗嘉祐年间进士。曾上书力言王安石新法之弊，后又因作诗讽刺新法下御史狱，先后通判徐州，徙湖州，贬谪黄州。哲宗时任翰林学士，曾出知杭州、颍州，官至礼部尚书，后又贬谪惠州、儋州。苏轼为文纵横奔放，挥洒畅达，为唐宋八大家之一；为诗题材广泛，清新雄健，善用夸张比喻，独具风格，与黄庭坚并称"苏黄"；为词开启豪放一派，与辛弃疾并称"苏辛"；又工书画，为一代大师。著述丰富，有《东坡七集》、《东坡易传》、《东坡书传》、《东坡乐府》等。

【注释】

①窜逐：窜，乱跑，逃走。逐，强迫离开。文中之意指被罢免驱逐之意。

【译文】

现今对王安石所倡导的新法还能够坚守自己的看法而无所畏惧的，就只剩下司马君实和为叔兄弟二人了。把一切都交给上天去主宰，自己坚持走正确的道路就够了。就算因此而被朝廷罢免、驱逐，但我们在精神上所得到的已经足够多了。

因为想要对你进行劝告而寄出了这封信，希望你能够发愤图强，做到追求真理爱惜自己。近些年来史学几乎没有人再去研究和讨论了，去年我作为主持科举考试的官员，问了一些他们关于史传的事情，竟然没有一两个人能够详细清楚地表达出来，你以后要多读一些史书，那样将会从中受益匪浅。

家 戒

黄庭坚

吾子力道问学，执书册以见古人之遗训，观时利害，无待老夫之言矣，于古人气概风味，岂特髣髴①耶？愿以吾言敷而告之，吾族敦睦当自吾子起。若夫子孙荣昌世继无穷之美，则吾言岂小补哉！志之曰《家戒》。

【作者简介】

黄庭坚，1045～1105年，字鲁直，自号山谷道人。宋洪州分宁（今江西修水）人。晚号涪翁。北宋著名文学家、书法家，为盛极一时的江西诗派开山之祖，与杜甫、陈师道和陈与义素有"一祖三宗"（黄庭坚为其中一宗）之称。宋英宗治平年间进士及第，任叶县尉。哲宗立，召为校书郎、《神宗实录》检讨官。《实录》成，擢起居舍人。绍圣初年，新党谓其修史不实，贬涪州别驾。至徽宗初召还，后又以文字罪除名，贬宜州卒。工诗文，擅长行，草书。早年以文章诗词受知于苏轼，与张耒、晁补之、秦观并称"苏门四学士"。诗以杜甫为宗，但讲究修辞造句，强调"无一字无来处"，风格奇崛，为江西诗派开创者。其著作主要有

《豫章黄先生文集》、《山谷词》等。其书法亦能独树一格，为"宋四家"之一。

【注释】

①髣髴：仿佛。约略的形迹，差不多的样子。

【译文】

我的儿子，你致力于探索事物的道理、勤于学问、能够通过阅读书本典籍来借鉴古人的行为和教训，也知道观察世事时局，知晓利害关系，作为父亲的我没什么多说的了。但是对于古人的风度和气质，怎么能只是做到表面上的相似呢？希望你能够把我的话告诉所有家族中的其他人，让我们家族和睦、友善的风气从你开始形成。如果你的子孙能够世世代代的繁荣昌盛，把家族的美德一直延续下去，那真是最美好不过的事情了，那样的话，我今天说的话就不仅仅是一个小小的增益了，所以应该把这些都记录下来当成《家戒》。

与 子 书

胡安国

公使库待宾，并以五盏为率①，自足展尽情意。

禁奸吏必止其邪心，不徒革面。为政必以风化德礼为先，风化必以至诚为本。民讼既简，每日可着一时工夫，详与理会，因训导之使趋于善，且以风动左右，不无益也。

立志以明道，希文②自期待；立心以忠信，不欺为主本；行己以端庄，清慎见操执；临事以明敏③，果断辨是非；又谨三尺④，考求立法之意而操纵之：斯可为政，不在人后矣，汝勉之哉！治心修身，以饮食男女⑤为切要，从古圣贤，自这里做工夫，其可忽乎？

君实见趣本不甚高，为他广读书史，苦学笃信，清俭之事而谨守之。人十己百，至老不倦，故得志而行，亦做七分已上人。若李文靖澹然无欲⑥，王沂公俨然不动，资禀既如此，又济之以学，故是八九分地位也。后人皆不能及，并可师法。

汝在郡，当一日勤如一日，深求所以牧民共理之意勉思其末至，不可忽也。若不事事，别有觊望，声绩一塌了，更整顿不得，宜深自警省，思远大之业。

【作者简介】

胡安国，1074～1138 年，字康侯，建宁崇安（今属福建）人，又名胡迪，号青山，谥号文定，学者称武夷先生，后世称胡文定公，南宋经学家。曾任中书舍人兼侍讲，宝文阁直学士。为官刚正不阿，被称其如大冬严雪，百草萎死而松柏独秀。长于春秋学，系出孙复再传，著有《春秋传》三十卷，往往借用《春秋》议论政治，献时政论二十一篇。明初宗法程（颐）、朱（熹），以安国之学私淑程颐，因此定此书为科举取士的教科书。另外还著有《通鉴举要补遗》、《上蔡语录》等。

【注释】

①率：文中当"度"讲。意为界限。

②希文：范仲淹，字希文。

③明敏：聪明敏捷。始出于《北齐书·文宣帝纪》：内虽明敏，貌若不足。

④又谨三尺：谨慎小心。文中之意指，再三思量。

⑤饮食男女：饮食，吃喝。男女，指男女之间。泛指人的本性。

⑥澹然无欲：恬静、淡然，没有过多的欲望。

【译文】

因为公事需要宴请宾客，饮酒以五杯为度，就足可以表达情意了。

要禁止奸诈的官员做坏事，一定要从他的内心深处去除其邪念，而不是仅仅做表面上的改观。处理政务务必要以风俗教化、道德仁义为基本，而风俗教化又必须要以至诚为根本。民间的诉讼案件日益减少，每天能够抽出一定的时间去接触百姓，对他们加以教育，让他们懂得礼仪，让百姓人心向善，并且以身作则为身边的人树立榜样做出表率，能让人们诚心效仿，是非常有好处的。

以圣贤之道作为志向，希望自己能够成为像范希文（仲淹）一样的人；以忠诚守信为理念，诚实不欺为信条；做人行为端庄正派，处理事情公正严明、聪明敏捷，是非善恶区分清晰；仔细研究立法的原意，谨慎小心地处理；如果抱着这种态度去执政，那么你的政绩就不会落在其他人后面了，你记住了吗！陶冶情操、修身养性，要从日常起居、生活点滴开始培养，古时候圣贤都是在这方面下功夫的，你一定不能忽视！

司马君实的见识和志向本身并不高，但因为他广读诗书，勤奋用功，为人诚实不欺，谨守勤劳俭朴的原则做人。别人用十分力气去做事，他用百分之力去做，并且能够一直持之以恒、不曾懈怠，所以他能够有所成就，把事情做到很不错的程度了。像李文靖公（李沆）恬淡无所求，王沂公（王曾）庄严不动，他们天资禀赋既好，又非常好学，所以做事接近完美了，后人都无法超越，你可以将他们作为效仿的对象去学习。

你在郡做官，应该一天比一天勤奋，深入民众之中去探索研究，想想自己还有什么没有做到的地方，切不可忽视。一定不要每天无所事事，还想着其他无关的事情，如果政绩和声望一旦受损，就很难挽回了。你一定要自己每天思考和提醒自己，心里以更为远大的目标作为努力的方向。

与长子受之

朱 熹

早晚受业请益，随众例不得怠慢。日间思索有疑，用册子随手劄记①，候见质问，不得放过。所闻诲语，归安下处，思省切要之言，逐日劄记，归日要看。见好文字，录取下来。不得自擅出入，与人往还。初到，问先生有合见者见之，不合则不必往。人来相见，亦启禀然后往报之，此外不得出入一步。

居处须是居敬，不得倨肆惰慢。言语须要谛当②，不得戏笑喧哗。凡事谦恭，不得尚气凌人，自取耻辱。

不得饮酒，荒思废业，亦恐言语差错，失己忤③人，尤当深戒。不可言人过恶，及说人家长短是非。有来告者，亦勿酬答。于先生之前，尤不可说同学之短。

交友之间，尤当审择，虽是同学，亦不可无亲疏之辨。此皆当请于先生，听其所教。大凡敦厚忠信，能言吾过者，益友也；其谄谀轻薄，傲慢亵狎④，导人为恶者，损友也。推此求之，亦自合见得五七分，更问以审之，百无所失矣。但恐志趣卑凡，不能克己从善，则益者不期疏而日远，损者不期近而日亲。此须痛加检点而矫革之，不可荏苒渐习⑤，自趋小人之域。如此则虽有贤师长，亦无救拔自家处矣。

见人嘉言善行，则敬慕而记录之。见人好文字胜己者，则借来熟看，或传录之，而咨问之，思之与齐而后已。不拘长少，惟善是取。

以上数条，切宜谨守。其所未及，亦可据此推广，大抵只是勤谨二字。循之而上，有无限好事。吾虽未敢言，而窃为汝愿之。反之而下，有无限不好事。吾虽不欲言，而未免为汝忧之也。

盖汝若好学，在家足可读书作文，讲明义理，不待远离膝下，千里从师。汝既不能如此，即是自不好学，已无可望之理。然今遣汝者，恐汝在家汩于俗务，不得专意，又父子之间，不欲昼夜督责，及无朋友闻见，故令汝一行。汝若到彼，能奋然勇为，力改故习，一味勤谨，则吾犹有望。不然则徒劳费，只与在家一般；他日归来，又只是旧时伎俩人物。不知汝将何面目，归见父母亲戚乡党故旧耶？

念之，念之。夙兴夜寐⑥，无忝尔所生。在此一行，千万努力。

【作者简介】

朱熹，1130～1200年，字元晦，又字仲晦，号晦庵，别称紫阳，晚称晦翁，谥文，世称朱文公。徽州婺源（今属江西）人。侨寓建阳（今属福建）。宋朝著名的理学家、思想家、哲学家、教育家、诗人，绍兴十八年（1148年）进士，累官转运副使、焕章阁待制、秘阁修撰、终宝文阁待制。主张抗金。哲学上发展了二程关于理气关系的学说，建立了完整的客观唯心主义体系，成为宋代理学的集大成者。宋末以后直至清代被奉为正宗儒学。从事教育 50 余年，广注典籍，于经学、史学、文学、乐律以至自然科学，都有程度不同的贡献。著有《朱文公文集》、《朱子语类》、《朱子大全》《四书章句集注》等。其中《四书章句集注》成为钦定的教科书和科举考试的标准。

【注释】

①劄记：读书笔记。

②谛当：恰当、正确的意思。

③忤：不顺从、逆。文中之意指惹恼、招人反感之意。

④亵狎：不庄重，轻慢。

⑤荏苒渐习：荏苒为形容时间渐渐逝去之意。文中之意为随着时间流逝慢慢沾染了某种习气。

⑥夙兴夜寐：夙，早；兴，起来；寐，睡。早起晚睡。形容勤奋。

【译文】

日常学习读书，要多向老师请教；要和大家一样按照平时的惯例做事，不能有懈怠的情绪。平时学习思考时遇到疑难之处，要用随身的小本子记录下来，等见到老师的时候询问答案，不要错过和忘记。凡是听到老师教诲的言语，回到自己住处后，要仔细思量一下其中重要的地方，每天做好笔记，需要的时候拿出来翻看。见到优美的文辞，也要记录下来。不可以擅自做主私自外出，和人交往。如果有人第一次来，要询问老师，应该见的就见，不该见的就不要见。如果有人前来找你，也一定要启禀老师然后再去，除此之外不能随便出入一步。日常起居一定要尊重别人，不可以傲慢无礼，懒惰冷淡。说话要谨慎恰当，不能嬉笑喧哗。凡事要谦虚恭敬，不得盛气凌人，免得自取其辱。

不可以喝酒，让自己精神不振荒废学业，也要注意自己的言行，不要话语间出现差错害了自己也伤害别人，这些都很重要必须牢牢谨记。不可以在背后议论别人的过失，去说别人的长短是非。即使有人向你问起这类事情，你也不可以回答。尤其是在老师的面前，绝对不可以说同学的是非。

结交朋友一定要谨慎地选择，虽然都是同学，也不能没有亲疏的区别。这些事你都要像老师请教，听从他的教诲。一般来说，那些为人忠厚，能指出你身上缺点和过错的人，都可以作为好朋友；而那些只知道阿谀奉承，且傲慢无礼、行为放荡总是教唆、引诱别人做坏事的，都不可以作为朋友。如果你按照这个标准来鉴别朋友，自己就可以有五六分的把握了，再适当地像老师请教后，经过进一步的甄别，那就百无一失了。但如果你的志向和兴趣很低俗，又不懂得约束自己，不乐于接受别人正确的意见，那么好朋友即使不想疏远你，也会渐渐地离你而去。那些小人即使不想亲近你也会自然而然地和你走在一起。这样的行为必须要严加约束，并纠正和改观，决不能逐步沾染上恶习，进入小人的群体之中。如果那样，即便是有贤良的师傅和朋友，也很难再改变自己的处境了。

见到别人有美好的话语和友善的行为，要虚心地记在心里，看到别人有超过自己的好文章，要拿来仔细地阅读，熟记于心，或者记录下来，进行研究，还要向他学习。无论年龄大小，只要是好的，就要吸收汲取。

以上所说到的，务必要严格遵守，没有谈到的，要根据前面所说的举一反三，总之，这些道理都是要你注重勤谨。假如能够严格地遵循这些去做事，就会有进步，就会有很好的发展。我虽然没敢这么断言，但一直在暗自为你祝愿。假如你不这么做，就会一落千丈，种种意想不到的坏事将会降临，虽然我一直不想说，但还是不免会为此而担心忧虑。

其实，如果你勤奋好学，在家里就可以读书习文，去知道正确的道理，不一定非要远离父母去千里之外求学。可是你已经不能如此了，你本身不好学，我也无法这么期望下去了。我之所以将你打发到远方去学习，是因为担心你会被家中的世俗杂务所扰乱，不能够专心。也因为父子之间的情分，不能过多地对你日夜督促责备，再有，留在家中也不便于你结交朋友增长见识，所以还是让你出去走一走更好。所以，如果你到了那里，能够从此奋发图强，努力改正那些坏的习惯，知道勤劳谨慎地处事，那么我对你还是充满希望的。假如我白费一番力气，你将来回来后，还是和在家没什么区别，还是以前的老样子，如果真的是那样，我不知道你还有什么脸面回来见父母、亲戚、朋友和同乡呢？

一定要牢记，牢记我的话，希望你早起晚睡，不要辱没了生你的父母。成败就在这一次了，千万要努力！

陆九渊家书

陆九渊

道非难知，亦非难行，患①人无志耳。

得失之心未去，则不得；得失之心去，则得之。

【作者简介】

陆九渊，1139～1193 年，南宋哲学家、教育家。字子静，号象山，抚州金溪（今属江西）人。乾道八年（1172 年）进士，曾任靖安、崇安等县主簿，敕令所删定官，官至知荆门军，有政绩。因论政事，为给事中王信所驳，被逐还乡，居贵溪之象山，自号象山翁，学者称象山先生。提出"心即理"的唯心说，断言天理、人理、物理只在吾心之中，心是唯一的实在，认为"心"和"理"是永久不变的，成为南宋"心学"创始人。与其兄九韶、九龄并称"三陆子之学"；后由明代王阳明继承发展，世称"陆王学派"。著有《象山先生全集》等。

【注释】

①患：忧虑，担心，害怕。

【译文】

真正的道路不难理解，也并不难实行，怕的只是人没有沿着正确道路行走的志向而已。

患得患失的心态不克服改观，就不够有坚韧的志向也无法得到真正的知识，如果克服了患得患失的心态，那么就能够沿着正确的道路行进，能够获得坚强的志向和真正的知识。

临终遗子书

韩 玉

此去冥路①，吾心浩然。刚直之气，必不下沉，儿可无虑。世乱时艰，努力自护。幽明虽异②，宁不见尔？

【作者简介】

韩玉，？～1211年，字温甫，金代蓟州渔阳（今北京密云县西南）人，南宋词人，韩玉本金人，绍兴初挈家南渡。金章宗明昌年间进士及第。入翰林为应奉，应制一日多至百篇，文不加点。累迁同知陕西东路转运使事。金卫绍王大安三年（1211年），奉陕西安抚司檄，以凤翔判官募兵万人，与西夏军战于北原，大败之，任河平军节度副使。后来为朝中权臣所妒忌，诬他与夏人勾结，被囚死。临终前给儿子以遗书。儿子名不疑，字居之，以父死非罪，誓不再做金朝的官。

【注释】

①冥路：阴间的路。文中之意指即将死去。

②幽明虽异：幽明，指阴阳两界，生和死之间。

【译文】

这次我将要蒙冤而死了，但我心中光明磊落、坦坦荡荡，我刚正不阿的处世态度，绝对不会因此而放弃，儿子啊，这点你不用担心。当今世道混乱、世事艰难，你务必要学会保护自己，虽然我们很快就要阴阳两隔、所处的世界不再相同了，难道就见不到你了吗？

王守仁家训

王阳明

近闻尔曹学业有进，有司考校，获居前列，吾闻之喜而不寐①；此是家门好消息。继吾书香者，在尔辈矣。勉之，勉之！吾非徒望尔辈但取青紫，荣身肥家，如世俗所尚②，以夸市井小儿！尔辈须以仁礼存心，以孝弟为本，以圣贤自期。务在光前裕后，斯可矣。吾惟幼而失学无行，无师友之助，迨今中年，未有所成，尔辈当鉴吾既往，及时勉力，毋又自贻他日之悔，如吾今日也。习俗移人，如油渍面，虽贤者不免；况尔曹初学小子，能无溺乎？然惟痛惩深创，乃为善变。昔人③云："脱去凡近，以游高明"，此言良足以警，小子识之！吾尝有立志说，与尔十叔，尔辈可以抄录一通，置之几间，时一省览亦足以发；方虽传于庸医，药可疗夫真病，尔曹勿谓尔伯父只寻常人尔，其言未必足法；又勿谓其言虽似有理，亦只是一场迂阔之谈，非吾辈急务；苟如是，吾未如之何矣。读书讲学，此最吾所宿好，今虽干戈扰攘中，四方有来学者，吾亦未尝拒之，所恨牢落尘网，未能脱身而归。今幸盗贼稍平，以塞责求退，归卧林间，携尔曹朝夕切磋砥砺，吾何乐如之！偶便，先示尔等，尔等勉焉！毋虚吾望，正德丁丑，四月三十日。

【作者简介】

王阳明，1472~1529年，又名王守仁。字伯安，余姚（今属浙江）人。明代哲学家、教育家、思想家和军事家。弘治进士，卒谥文成。早年因得罪宦官刘瑾，被贬为贵州龙场驿丞。后封新建伯，官至南京兵部尚书，后任总督两厂。创"心学"对抗程朱理学，提出"致良知"、"知行合一"的学说。倡导"君子之交，唯求其是"的"求是"学风。著有《王阳明全集》、《传习录》、《大学问》等。

【注释】

①寐：睡觉。

②尚：推崇。

③昔人：此处指宋人谢良佑。

【译文】

我听说你们近来的学业有进步，在秀才考试中名列前茅，我知道后，高兴得夜不能寐，这是我们家中的好消息啊。继承读书的家风，就靠你们了。努力啊！努力啊！

我不只是希望你们能当大官，光宗耀祖，显赫门庭，使家中富裕起来，像世俗所推崇的那样，在老百姓中夸耀你们；而且期望你们把仁礼记在心中，以孝顺父母、友爱兄弟为根本，努力向圣贤学习。为前人争光，为后人造福，就够了。我因为幼年失学，没有得到师友的帮助，等到今日不觉已经中年了，没有建树，你们一定要以我过去的经历作为借鉴，努力学习，不要等到将来吃后悔药，像我今天这样的感受。

习惯会慢慢影响一个人，如同油会浸到面里一样，贤者也不能避免。况且你们只是初入学途的晚辈，能够不受世俗的引诱吗？但是，只要勇于承认自己的错误，改正自身的缺点，一定能够得到不断的提高。有人说得好："要摆脱庸俗浮浅人的干扰，去向高明者讨教"，这句话值得警觉，你们要牢记啊！我曾经写过一篇《立志论》，送给你们的十叔，你们可以抄录一份，放在书架上，经常阅读它可以启发你们。药方虽然是从庸医那里开来的，但药可以治疗疾病，你们不要小看了你们的伯父，以为他的话不值得遵循；也不要以为话虽有些道理，但只是一些不切实际的教诲，没有说中你们的心思。如果你们这样认为，我也没有什么办法了。读书讲学，这是我的志趣，即使如今事情很多，各地学者来拜访我，但我并不拒绝。我遗憾的是，我又不能抽身摆脱。幸好动乱已接近平定，我可以圆满地完成使命了。功成身退，隐居山林，带着你们讲学读书，切磋勉励，这是我期望的啊！今天空闲，我就先同你们谈这么多，你们不要让我的期望落空啊！正德十二年四月三十日。

临刑之前遗子书

杨继盛

人须要立志，初时立志为君子，后来多有变为小人的；若初时不先立下一个定志，则中无定向，便无所不为，便为天下之小人，众人皆贱恶①你。你发愤立志要做个君子，则不拘做官不做官，人人都敬重你。故我要你第一先立起志气来。

心为人一身之主，如树之根，如果之蒂，最不可先坏了心。心里若是存天理，存公道，则行出来便都是好事，便是君子这边的人。心里若存的是人欲，是私意，虽欲行好事，也是有始无终；虽欲外面做好人，也被人看破你。如根衰则树枯，蒂坏则果落。故我要你休把心坏了。心以思为职，或独坐时，或夜深时，念头一起，则自思曰："这是好念？是恶念？"若是好念，便扩充起来，必见之行；若是恶念，便禁止勿思。方行一事，则思之：以为"此事合天理，不合天理？"若是不合天理，便止而勿行；若是合天理，便行。不可为分毫违心害理之事，则上天必保佑你，鬼神必加佑你，否则天地鬼神必不容你。

你读书若中举中进士，思我之苦，不做官也是。若是做官，必须正直忠厚，赤心随分报国。固不可效我之狂愚，亦不可因我为忠受祸遂改心易行，懈了为善之志，惹人父贤子不肖之笑。

我若不在，你母是个最正直不偏心的人，你两个要孝顺她，凡事依她。不可说你母向哪个儿子，不向哪个儿子；向哪个媳妇，不向哪个媳妇。要着她生一些儿气，便是不孝，不但天诛你，我在九泉之下也摆布你。

你两个是一母同胞的兄弟，当和好到老。不可各积私财，致起争端；不可因言语差错，小事差池，便面红耳赤。应箕性暴些，应尾自幼晓得他性儿的，看我面皮，若有些冲撞，担待他罢！应箕敬你哥哥，要十分小心，和敬我一般的敬才是。若你哥哥计较你些儿，你便自家跪拜与他赔礼；他若十分恼不解，你便央及你哥相好的朋友劝他。不可他恼了，你就不让他。你大伯这样无情的摆布我，我还敬他，是你眼见的，你待你哥，要学我才好。

应尾媳妇是儒家女，应箕媳妇是宦家女，此最难处。应尾要教导你媳妇，爱弟妻如亲妹，不可因他是官宦人家女，便气不过，生猜忌之心。应箕要教导你媳妇，敬嫂嫂如亲姊，衣服首饰休穿戴十分好的，你嫂嫂见了，口虽不言，心里便有几分不耐烦，嫌隙自此生矣。四季衣服，每遇出入，妯娌两个是一样的，兄弟两个也是一样的。每吃饭，你两个同你母一处吃，两个媳妇一处吃，不可各人和各人媳妇自己房里吃，久则就生恶了。

读书见一件好事，则便思量，我将来必定要行；见一件不好的事，则便思量，我将来必定要戒。见一个好人则思量，我将来必要与他一般；见一个不好的人则思量，我将来切休要学他。则心地自然光明正大，行事自然不会苟且，便为天下第一等好人矣。

习举业，只是要多记多作。《四书》本经记文一千篇，读论一百篇，策一百问，表五十道，判语八十条。有余功，则读《五经》白文，好古文读一百篇。每日作文一篇。每月作论三篇，策二问。切记不可一日无师傅。无师傅则无严惮、无稽考②，虽十分用功，终是疏散，以自在故也。又必须择好师，如一师不惬意，即辞了另寻，不可因循迁延，致误学业。又必择好朋友，日日会讲切磋，则举业不患其不成矣。

与人相处之道，第一要谦下诚实。同干事则勿避劳苦，同饮食则勿贪甘美，同行走则勿择好路，同睡寝则勿占床席。宁让人，勿使人让我；宁容人，勿使人容我；宁吃人之亏，勿使人吃我之亏；宁受人之气，勿使人受我之气。人有恩于我，则终身不忘；人有仇于我，则即时丢过。见人之善，则对人称扬不已；闻人之过，则绝口不对人言。有人向你说某人，感你之恩，则云："他有恩于我，我无恩于他。"则感恩者闻之，其感益深。有人向你说某人恼你谤你，则云："彼与我平日最相好，岂有恼我谤我之理？"则恼我者闻之，其怨即解。人之胜似你，则敬重之，不可有傲忌之心；人之不如你，则谦待之，不可有轻贱之意。又与人相交，久而益密，则行之邦家可无怨矣。

复奏本已上，恐本下急，仓促之间，灯下写此，殊欠伦序③。然居家做人之道，尽在是矣。拿去你娘看后，做一个布袋装盛，放在我灵前桌上，每月初一、十五，合家大小灵前拜祭了，把这手卷从头至尾念一遍，合家听着；虽有紧事，也休废了！

【作者简介】

杨继盛，1516～1555年，明代著名谏臣，字仲芳，号椒山。河北保定容城（今河北境内）人。明世宗嘉靖年间进士及第。任兵部员外郎时，因《请罢马市疏》"十不可、五谬"，得罪了奸臣仇鸾，获罪被贬。任兵部武选司时，又因上疏《请诛贼臣疏》弹劾奸相严嵩"十大罪、五奸"，再次下狱并受尽酷刑。在狱三年后处死。平反后，谥"忠愍"。著有《杨忠愍集》。临刑前，曾留诗曰："浩气还太虚，丹心照千古。生平未报恩，留待忠魂补。"

【注释】

①贱恶：轻视厌恶。

②稽考：考核。

③殊欠伦序：没有次序。

【译文】

人必须要立志，最初时立志做君子的人，最后有许多变为了小人；如果最初不确定志向，那么心中就没有正确的方向，什么坏事都会去做，成为天下的小人，大家便都轻视厌恶你。只要你努力上进，立志做君子，那么不论做不做官，大家都会尊敬你。所以我要你们弟兄首先立定志向。

心是身的主宰，就像树木的根、果实的蒂一样，最不能先坏了心。心里如果存着天理、公正，那么做出来的事就都是好事，作为人就是位君子。心里如果存着贪念、私心，即使想做好事，也将有头无尾；即使表面装成好人，也会被人看出来。这就像树根腐朽了，整株树就会枯死；蒂干枯了，果实就会掉落一样。所以我希望你们不要把心败坏了。心以思想为职责，或一个人独坐时，或夜深人静时，一有了念头，就要想想这是好的念头，还是坏的念头？如果是好的念头，就要想办法加以完善，然后见之于行动；如果是恶的念头，就要马上禁止而不去想它。每做一件事，就要想想这件事是否合天理，合就做，不合就不做。不能做一分一毫违背良心、违背天理的事，这样上天一定会保佑你，鬼神一定会加佑你，否则天地鬼神决不会容你。

如果你读书中举或者中了进士，想想我现在所受的苦，不做官也行。如果做官，必须要正直忠厚，忠心报国。固然不可像我一样狂妄愚笨，也不可因为我一片忠心而受祸，就改变内心和行为，松懈为善的志向，惹人讥笑我们父贤子不肖的行为。

我如果不在了，你母亲是个最正直、最不偏心的人，你们两个一定要孝顺她，什么事情都要依着她。不可以说你母亲向着哪个儿子，不向着哪个儿子；向着哪个儿媳妇，不向着哪个儿媳妇。如果你们让她生一点儿的气，便是不孝，不但天要诛你，就是我在九泉之下也会处置你。

你们是一个母亲所生的亲兄弟，应当和睦到老，不能为了钱财引起争执，不能因为言语或意见不合，就互不相让。应箕个性急躁点儿，应尾从小了解他的性子，念在我的分上，如有冲撞，要多宽容他。应箕要尊敬哥哥如同尊敬我一样。如果哥哥指责你，你就先跪拜道歉；他如果还是生气、不肯原谅你，就立即去请哥哥的好朋友来劝他，不能互不相让。像你大伯那样无情地存心捉弄、挑剔我，我仍然敬重他，这你是看到的，要向我学习才好。

应尾的媳妇是读书人家的女孩子，应箕媳妇是官宦人家的女孩子，她们俩是最难相处的。应尾要教导你的媳妇，爱弟妻有如亲妹妹一样，不能因为她是官宦人家的女孩子，便不服气，生猜忌之心。应箕也要教导你的媳妇，敬嫂嫂有如亲姐姐一样，衣服首饰不要穿戴得特别好，因为你嫂嫂见你穿戴得好，口里虽然不说不言，心里总会有几分不满，嫌隙也就从此产生了。四季衣服，每遇出入，妯娌两个应是一样的，兄弟两个也应该是一样的。每逢吃饭，你兄弟两个就同你母亲一起吃，两个媳妇一起吃，不可各人和各人的媳妇在自己房里吃，否则久而久之便要产生矛盾了。

读书后，看到好的事，就要想着我将来一定也要这样做；见到不好的事，就想着我将来绝不能如此。看到好人，就想着将来我一定和他一样；见到不好的人，就想着我将来绝不能像他这样；这样心胸自然光明正大，做事也不会不守礼法，因此便成为天下第一等的好人了。

你们习科举之业，一定要多记多做。《四书》本经记文1000篇，读论100篇，策100问，表50道，判语80条。有时间时，可读不加注释的《五经》原文，好古文读100篇。每日写作文一篇，每月作论三篇，作策二问。切记不可一日没有老师。没有老师就没有严格要求、无所畏惧，就无从考核。即使你十分用功，也会变得懒散，因为你太随意、太自由自在惯了。同时，你们又必须注意要选择好老师，如果老师不称心，就立刻辞掉另外寻找，不可守陈规旧法而任意拖延，以致耽误和影响自己的学业。还要择好朋友，每天切磋研究，这样科举之业不必担心其不成了。

和别人相处的道理，第一要谦虚诚实。一起做事时不能怕苦，一起吃东西喝东西时不能全挑好的，一起走路时不要只走好走的地方，一起睡眠时不能只睡好的床铺。一定要包容别人，不要让人总是包容我；宁可吃别人的亏，不要让人吃自己的亏；宁可受别人的气，不要让人生自己的气。别人对我的恩惠，终身不忘；人对我的仇恨，应该立刻丢掉。看到别人的优点，就为他多方宣扬；听到别人的缺失，绝对不去对他人说。如果有人对你说某人感念你对他的恩惠，你就说："他对我有恩，我对他没有什么恩惠。"那么感恩的人听了，就会有更深的感激。如果有人对你说某人怨恨你、毁谤你，你就说："他和我平日最要好了，怎么会怨恨我、毁谤我呢?"那么怨恨你的人听了，怨怒立刻也会化解了。别人比你强，你要敬重他，不能有妒忌的心；别人不如你，要谦虚待他，不可有心存轻视的念头。与人交往，时间久了才会更融洽，这个道理用到整个国家上，都不会招来怨恨。

回复皇上的奏本已经呈上去了，恐怕皇上很快就会批下来，匆忙之间，在灯下写了这封信，次序很乱。但是治家做人的道理，都在这里了。拿去给你母亲看了之后，做个布袋装好，放在我灵位前的桌子上，每个月初一、十五，全家在我的灵位前祭拜，把这封信从头到尾念一遍，全家人一起听着；即使有其他要紧的事，也不可以省略了!

示季子懋书

张居正

汝幼而颖异，初学作文，便知门路。吾尝以汝为千里驹，即相知诸公见者，亦皆动色相贺，曰："公之诸郎，此最先鸣者。"乃自癸酉科举之后，忽染一种狂气，不量力而慕古，好矜己①而自足，顿失邯郸之步，遂至匍匐而归。丙子之春，吾本不欲汝求试，乃汝诸兄咸来劝我，谓不宜挫汝锐气，不得已黾勉②从之，遂至颠蹶③。艺本不佳，于人何尤？然吾窃自幸曰："天其或者欲厚积而钜发之也"，又意汝必惩再败之耻，而俯首以就矩矱④也。岂知一年之中，愈作愈退，愈激愈颓。以汝为质不敏耶？固未有少而了了，长乃憒憒者；以汝行不力耶？固闻汝终日闭门，手不释卷。乃其所造尔尔，是必志骛于高远，而力疲于兼涉，所谓之楚而北行⑤也，欲图进取，岂不难哉！

夫欲求古匠之芳躅⑥，又合当世之轨辙，惟有绝世之才者能之。明兴以来，亦不多见。吾昔童稚登科，冒窃盛名，妄谓屈、宋、班、马，了不异人；区区一第，唾手可得，乃弃其本业，而驰骛古典。比及三年，新功未完，旧业已芜。今追忆当时所为，适足以发笑而自点耳。甲辰下第，然后揣己量力，复寻前辙，昼作夜思，殚精毕力，幸而艺成，然亦仅得一第止耳。犹未能掉鞅文场⑦，夺标艺院也。今汝之才，未能胜余，乃不俯寻吾之所得，而蹈吾之所失，岂不谬哉！

……但汝宜加深思，毋甘自弃，假令才质驽下，分不可强。乃才可为而不为，谁之咎与？己则乖谬⑧，而徒诿之命耶！惑之甚矣。且如写字一节，吾呶呶谆谆者几年矣，而潦草差讹⑨，略不少变，斯亦命为之耶？区区小艺，岂磨次岁月乃能工耶？吾言止此矣，汝其思之。

【作者简介】

张居正，1525～1582年，字叔大，号太岳，明湖广江陵县（今属湖北荆州市）人，时人又称张江陵。明朝中后期政治家、改革家，万历时期的内阁首辅，辅佐万历皇帝朱翊钧开创了"万历新政"。张居正5岁识字，7岁能通六经大义，12岁考中秀才，13岁时就参加了乡试，16岁中举人。嘉靖二十六年（1547年），23岁的张居正考中进士。隆庆元年（1567年）任吏部左侍郎兼东阁大学士。后迁任内阁次辅，为吏部尚书、建极殿大学士。隆庆六年，万历皇帝登基后，张居正代高拱为首辅。当时明神宗朱翊钧年幼，一切军政大事均由张居正主持裁决。张居正在任内阁首辅十年中，实行了一系列改革措施。财政上清仗田地，推行"一条鞭法"，总括赋、役，皆以银缴，"太仓粟可支十年，周寺积金，至四百余万"。军事上任用戚继光、李成梁等名将镇北边，用凌云翼、殷正茂等平定西南叛乱。吏治上实行综核名实，采取"考成法"考核各级官吏，"虽万里外，朝下而夕奉行"，政体为之肃然。张居正是中国历史上著名的政治家和改革家之一。其文章简洁有力，锋芒棱厉。著有《张太岳集》、《书经直解》、《帝鉴图说》等。

【注释】

①矜己：夸耀自己。

②黾勉：勉强，勉为其难。

③颠蹶：失败。

④矩矱：规矩、法度。规规矩矩。

⑤楚而北行：楚，楚国。古时楚国在南，去楚国而向北走。文中之意指南辕北辙，意指方向性产生了错误。

⑥芳躅：意指古人的脚步，先贤的道路。

⑦掉鞅文场：掉鞅，本谓驾战车入敌营挑战时，下车整理马脖子上的皮带，以示驭术高超，从容有余。文中之意当纵横文坛讲。

⑧乖谬：指荒谬；抵触违背。

⑨差讹：差错。

【译文】

你小的时候就很聪明，刚开始学习文章时，就能很快掌握要领。因此我曾经认为你是一匹千里马，是个可造之材，每当我的朋友见到你时，也都惊讶地向我祝贺说："您的几个儿子当中，这个肯定是最早有出息的那个。"但是从万历元年那次科举考试以后，你突然沾染了一种不良的狂妄之气，自不量力地盲目崇拜古代的东西，总是爱在人前自大地表现自己，骄傲自满的情绪导致你失去了原有的学问，就像古时燕国人学赵国邯郸人走路，不但没有学好，反而连自己从前怎么走路也忘记了，只能弯下腰爬回去。万历四年春季，我本来不想让你去参加考试，但是你的几个哥哥都来劝我，说不应该挫伤了你的锐气，所以我才不得已勉强听了他们的话，导致了你的失败。但这都是你学艺不精、才识不够，又能怨得了谁呢？虽然如此，我还是感到庆幸，我认为这是上天想要让你多多积累知识，等到以后厚积薄发作为准备。我本以为你一定会以这次失败作为耻辱并引以为戒，在以后的日子里虚心学习，按照规定和法度来办事，岂料你这一年之中，文章越写越退步，越是激励你上进，你反而越是颓废不前，难道是你天资不够聪慧吗？可是从来都没有那种小时候聪明，长大后反而糊涂的人啊。难道是你不够努力吗？我也常常看到你每天闭门不出，捧着书本在学习。造成这种情况，一定是你自己好高骛远，涉猎太广，不能专一地学习导致精神和身体都疲惫不堪，正所谓南辕北辙，若是长此以往，你想要进取向上，能不困难重重吗？

你如果既想要效仿古时先贤的行为轨迹，又想要符合当今的法度文化，那只有具备了绝世的才华才能够做得到。从明代建国以来，这样的人极为少见。我以前年少时就考中了举人，赢取了很大的名气，于是便以为自己和屈原、宋玉、班固、司马迁等人一样，不是一个普通人。觉得区区一个进士，轻而易举地就可以获得，于是便放弃了八股文，开始一心钻研古代典籍。结果三年以后，新学的东西没有完全掌握，而以往的学业也因为放弃而荒废了。现在每当我想起从前的所作所为，真是自取其辱贻笑大方啊。因为嘉靖二十三年没有考中，我之后正确地评析了自己的能力，打算量力而行，于是重操旧业，废寝忘食、竭尽全力地学习，终于学有所成。但这也不过是考中了一个进士而已，仅凭这样不能够在文坛中纵横驰骋，独占鳌头。如今你的才能，还没有超过当年的我，却又不虚心地听取我成功的经验，而重蹈我失败的覆辙，这样岂不是很荒谬吗？

……你应该静下心来好好思考，不要自暴自弃。假如你本身天资愚笨，那么我也不勉强你，但你有能力去做而不去做的话，这又是谁的过错呢？如果是你自身的问题，自己做得不对，还荒谬地把过错推诿给命运，说自己时运不佳吗？这样就太糊涂，错得太多了。就拿写字这件事来说吧，我对你絮絮叨叨地教诲也好几年了，但你仍然写得潦草不堪，错误百出，一点都没有改观，这难道也能归咎于命运吗？写字这么一个小小的技艺，难道也非要经过漫长的时间才能做得好吗？我今天就说到这里，剩下的你自己好好思考吧。

瞿式耜家训

瞿式耜

得汝昨年九月二十二日书，知家乡去年七月已遭蹂躏，家中寸筋不留，止剩空屋数间。汝母闻之，益添忧闷，吾虽百方解劝，而终是难开，缘其子女之念关切，知汝与若妹如此受苦，不容不肠断耳。吾自念若非西抚出门，遭此劫中，自然性命不保。今天公委曲方便，留此一线余生，虽为靖逆受磨，而名节犹彰，残躯犹在。以视家乡被难者，相去何如？以此转自排拨。虽家中所有罄①完，总以空华身外譬②之，只汝等暨③一门眷属无恙，便是大福矣！

可恨者，吾家以四代甲科，鼎鼎名家，世传忠孝，汝当此变故之来，不为避地之策，而甘心与诸人为亏体辱亲之事。汝固自谓行权也，他事可权，此事而可权乎？邑中在庠诸友，轰轰烈烈，成一千古之名，彼岂真恶生而乐死乎？诚以名节所关，政有甚于生者。死固吾不责汝，第家已破矣，复何所恋？不早觅隐僻处所潜身，而反以快仇人之志，谓清浊不分，岂能于八斗槽中议论人乎？别处起义，亦博一名，亦奉有旨，独我常熟起义，原做不成而反受累；受累矣，而又博不得一起义之名，岂不笑杀！痛杀！恨杀！

【作者简介】

　　瞿式耜，1590～1651 年，字起田，号稼轩、耘野，又号伯略，明江苏常熟（今江苏境内）人，明末诗人、官员、民族英雄。明神宗万历四十四年（1616 年）进士及第，任永丰知县。明思宗崇祯初年擢户科给事中。后坐事罢官废居。明崇祯自杀后，福王立于南京，他又在福王政权中任右佥都御史，巡抚广西。福王政权覆灭后，又在桂王政权中任吏部尚书、兵部尚书、天渊阁大学士等职务。桂王奔走全州后，他自请留守桂林以抗击清军。清顺治七年（1650 年）清兵攻下桂林，城破与总督张同敞皆被执，不屈而死。清道光时，编其诗文章疏为《瞿忠宣公集》10卷，其中第 9 卷为式耜在狱中所做的《浩气吟》，全书附有张同敞所著《别山遗稿》。

【注释】

　　①罄：尽。用完，用尽。
　　②譬：比喻，比方。
　　③暨：和，及，与。

【译文】

　　你在去年九月二十二日的来信已经收到了，得知家乡已于去年七月被攻陷，遭到清兵蹂躏，家中也被他们洗劫一空，只剩下几间空房子了。你的母亲听说这个消息，越来越忧愁苦闷，我虽然千方百计地劝说，但总是无法化解她心中的愁苦，我想这大概是出于对儿女的思念和关切吧，知你和你的妹妹在经受着苦难，也难怪会如此伤心欲绝了。我思量着，要不是因为我出任广西巡抚离开了家，遭到这样的劫难，估计也是性命难保了。现在你委屈求全，留下一线生机，虽然在平息叛乱的生活中经受着磨难，但名节还未丧失，伤痕累累的身体也还能得以保存。再去看看那些已经在家乡遇难的人，这还有什么可比的呢？我经常这么开导自己，虽然家里已经什么都没有了，也经常以钱财乃身外之物来安慰自己，只要你们一家人都平安无事，便是最大的幸事了。

但遗憾的是，我家四代进士，素以忠孝为家风世代相传，是个享有盛名的家族，而你在时局震荡时，不考虑如何避免灾祸的降临，却甘心和其他人一起做着有损祖先名声和伤害身体的事情。你曾说这只是一时的权宜之计，但其他的事情可以商量，这种关乎名节的事也可以商量吗？在邑中乡学的朋友们，做着轰轰烈烈名垂千古的事情，难道这些人真的是不愿意再活着，宁愿去死吗？其实他们都是在为名节而奋不顾身地斗争，把自己所从事的事情看得比生命还要重要。我并非责备你忍辱偷生，但如今家园已被毁坏得一片狼藉，还有什么可留恋的呢？不早些寻找藏身避祸的地方，反而做着让仇人高兴的事情，这不是连正确和错误都分不清了吗，还有什么资格在众位同僚中评论别人呢？在其他反清的起义斗争中，有的是为了博取声名，有的是奉旨战斗，只有我在常熟的起义，想要做的事情没有办成，反而受到了牵连和污蔑，现在连一个起义的称号都算不上，真可笑、可悲、可恨啊！

训 子 弟

卢象昇

古人仕学兼资，吾独驰驱军旅。君恩既重，臣谊安辞？委七尺于行间，违二亲之定省①。扫荡廓清②未效，艰危困苦备尝，此于忠孝何居也！

愿吾子弟思其父兄，勿事交游，勿图温饱；勿干戈而俎豆③，勿弧矢④而鼎彝⑤。名须立而戒浮，志欲高而无妄。殖货⑥矜愚，乃怨尤之咎府；酣歌恒舞，斯造物之僇民⑦，庭以内悃愊无华⑧；门以外卑谦自牧。非惟可久，抑且省愆⑨。凡吾子弟，其佩老生之常谈。惟我一生，自听彼苍之祸福。

【作者简介】

卢象昇，1600～1639 年，字建斗，明代宜兴（今江苏境内）人。明熹宗天启年间进士及第。官至兵部尚书。曾参与镇压高迎祥、李自成率领的农民起义军。后为督师，力抗清兵，因受权臣杨嗣昌的掣肘，炮尽矢穷，奋战而死。明福王政权建立时给谥"忠烈"，清王朝给谥"忠肃"。著有《忠肃集》传于后世。卢象昇居官勤劳，鸡鸣即起。国难当头，卢氏一门先后赴国难者达百余人。他要求子弟严格，即使是干戈扰攘、戎马倥偬之时，仍不忘谆谆告诫子弟。

【注释】

①定省：子女早晚向亲长问安为"定省"。泛指探望问候父母或亲长。

②廓清：澄清，肃清，清除。

③俎豆：俎和豆。古代祭祀、宴飨时盛食物用的两种礼器。亦泛指各种礼器。引申为祭祀和崇奉之意。

④弧矢：弓和箭。文中之意指武功。

⑤鼎彝：最初为古人饮食之器皿，后为祭祀之用。古代祭器，上面多刻着表彰有功人物的文字。文中之意特指文才。

⑥殖货：增殖财货。

⑦僇民：僇，通"戮"。杀戮人民。

⑧悃愊无华：悃愊，至诚；华，浮夸。至诚而不虚浮。形容真心实意，毫不虚假。

⑨省愆：亦作"省辱"。反省过失。

【译文】

古人为官时也兼及治学之道，从以不断充实自身，而我却只能整日忙碌奔波于军旅之中。皇恩如此浩荡，作为臣子的又怎么能不誓死效命呢？作为一个堂堂七尺男儿置身于军队之中，没有尽到孝敬父母的责任。平叛扫荡乱贼的任务还未能完成，已经倍感艰难困苦，然而忠孝这两件事情又如何平衡呢？

希望我家的子弟亲友多想想父兄的所做所为，以他们为榜样，不要专事应酬结交，不可贪图安乐，切忌鲁莽行事，不要事事都受制于礼法。不要只专注于武功，也要兼顾文事。要树立好的名声就要戒骄戒躁，想要成就高远的志向就要脚踏实地地努力，不能好高骛远而不切实际。愚昧无知地只懂得为利益而敛财，是过错和悔恨的根源之所在，沉迷于酒色享乐，则上天便会灭亡这个人。在家中要诚挚待人，出门在外要谦虚谨慎加强修养。只有做到这些，才能让家族兴旺，才能够在不断地自我反省中成长起来。所有我们家中的人，都要时刻谨记我这些长久以来挂在嘴边的教诲。若是这些全都做到了，这辈子就可以安心地听从上天对于福祸的安排了。

示侄孙生蕃

王夫之

立志之始，在脱习气。习气薰人，不醪而醉。其始无端，其终无谓。袖中挥拳，针尖竞利；狂在须臾①，九牛莫制。岂有丈夫，忍以身试？彼可怜悯，我实惭愧！

前有千古，后有百世；广延九州，旁及四裔②。何所羁络③，何所拘执④？焉有骐驹，随行逐队。无尽之财，岂吾之积？目前之人，皆吾之治，特不屑耳，岂为吾累！

潇洒安康，天君无系。亭亭鼎鼎，风光月霁⑤。以之读书，得古人意；以之立身，踞豪杰地；以之事亲，所养惟志；以之交友，所合惟义。惟其超越，是以和易。光芒烛天，芳菲匝地。深潭映碧，春山凝翠。寿考维祺，念之不昧！

【作者简介】

王夫之，1619～1692 年，字而农，号薑斋，衡阳（今属湖南）人。明清之际著名思想家、文学家。与黑格尔并称东西方哲学双子星座、中国朴素唯物主义思想的集大成者、启蒙主义思想的先导者，与黄宗羲、顾炎武并称为明末清初的三大思想家。出身于没落的小官僚地主家庭。幼时从父学习古代经学、史学，明崇祯十五年（1642年）应试中举。不久，明亡，曾在衡山组织武装起义，军垦抗清。失败后，投广东肇庆明桂王，任行人司行人官，后又协同瞿式耜守桂林。桂林失陷后，脱险回湖南，辗转于湘西苗瑶山洞。后隐居石船山，勤恳著述四十年。故世称"船山先生"。著作很多，其中以《读通鉴论》、《宋论》为其代表之作。晚清重臣曾国藩极为推崇王船山及其著作，曾于金陵大批刊刻《船山遗书》，使王夫之的著作得以广为流传。

【注释】

①须臾：衡量时间的词语，表示一段很短的时间，片刻之间。与倏然、倏忽、忽然为同义词。

②四裔：四方边远之地。

③羁络：控制，束缚，拘束，羁押。

④拘执：指拘泥固执。

⑤月霁：月色澄朗，形容秀丽，优美。

【译文】

立志最开始要做的，首先就是要改正和革除自身不良的习气。不良习气时刻影响着人生，就像不喝酒也会因为酒气而醉醺醺一般。这种坏习气来去没有踪迹可寻，没有开始的预兆也没有最终结束的迹象。它细小到让人不易察觉，就好比在袖子里面打出一拳，可以比针尖还细微让人没有感觉。但等到它开始发作时，只是一瞬间的事情，那时，即便你有九头牛一样大的力气，也无法遏制它。难道会有堂堂男子汉愿意去以身试法吗？如果真的有那样的人，我将很怜悯他，也为他感到惭愧。

在我之前有千百年的岁月，在我之后有百代的后世传人。地域广阔得延伸到九州之地，直至四方的少数民族，又有什么可以控制，又有什么能够固执坚守的呢？怎么会有千里马一样的人才会随着世俗的脚步而随队前行呢？天下的财富怎么会是我想要积蓄的东西呢？现在放眼望去的这些人，都应该接受我的教化，我对他们的所作所为不屑一顾，他们又如何能成为我的顾虑和牵绊呢？

为人洒脱恢宏，安详和顺，心中便坦然无愧。人格崇高，气度恢宏，胸襟开朗，便能有独特的秀美风光。用这种态度去读书，便能够领会古人的意境，以这种胸怀为人处世，便可以像豪杰一样有一席之地。以这样的思想去孝敬父母，便可以有高尚的情操，以这样的品德去结交朋友，便能够处事得当，符合礼义。就是因为有这恢宏超然的气度，所以能如此地温和平易。这样的人品德能光芒照耀天际，如春风阳光般拂过花草使得万物芳香，遍及大地。如渊深的潭水，澄澈映照，又如同春天的青山，苍翠浓绿。能够享高寿、致吉祥，终身谨念不失。

训 子 书

徐 媛

儿年几弱冠①，懦怯无为，于世情毫不谙练②，深为尔忧之。男子昂藏六尺于二仪③间，不奋发雄飞而挺两翼，日淹岁月，逸居无教，与鸟兽何异？将来奈何为人？慎勿令亲者怜而恶者快！兢兢业业，无怠夙夜，临事须外明于理而内决于心。钻燧之火，可以续朝阳；挥翮④之风，可以继屏翳⑤。物固有小而益大，人岂无全用哉？

习业当凝神忘思，戢足⑥纳心，骛精于千仞之颠，游心于八极之表；濬⑦发于巧心，撷藻⑧为春华，应事以精，不畏不成形；造物以神，不患不为器：能尽我道而听天命，庶不愧于父母妻子矣！循此则终身不堕沦落，尚勉之励之，以我言为箴，勿愦愦于衷，毋⑨朦朦于志。

【作者简介】

徐媛，生卒年不详，字小淑，明代苏州人，著名书画家范允临妻，女作家。她好吟咏，与吴县才女陆卿子唱和，吴中士大夫望风附景，交口称誉，传于海内，称吴门二大家。有《络纬吟》。

《训子书》是徐媛写给年近二十岁的儿子的一篇书信。

【注释】

①弱冠：古时男子二十岁之前称为弱冠。

②谙练：熟习；熟练，明晓事理。

③二仪：指天、地。出自三国魏曹植《惟汉行》："太极定二仪，清浊始以形。"《周书·武帝纪上》："二仪创辟，玄象著明。"

④翮：鸟翎的茎，翎管，羽毛。

⑤屏翳：屏翳是古代汉族传说中的神名，《山海经·海外东经》"雨师妾在其北晋"，郭璞注："雨师，谓屏翳也。"文中之意指可以产生巨大的作用。

⑥戢：收敛，收藏。戢足指停止脚步。

⑦濬：疏通，挖掘。

⑧摅：发表或表示出来，摅怀，摅诚，摅意，各摅己见。藻指诗文中的藻饰，即用作修辞的典故或华丽、工巧有文采的词语。摅藻指写文章，措辞之意。

⑨毋：不要，不可以。

【译文】

你现在已经快要到二十岁了，可是从小便胆小软弱，没有什么作为，对于世间的人情世故也一点都不清楚，为此我感到深深的忧虑。作为一个堂堂的男子汉，以六尺的身躯屹立于天地之间，却不能像鸟儿一样伸展开双翅发奋图强地翱翔于天际，整天虚度光阴，贪图享乐，这与禽兽有什么区别呢？待到成人之后又怎么做人，正常地生活下去呢？千万不要让亲人痛惜而让仇人称快。做事要兢兢业业，从早至晚都不可懈怠，遇到事情要做到首先明白事理，然后再在心里做出判断和抉择。钻木取火所得到的那点点火星如果一直不停地添加燃料，可以从早上一直燃烧到晚上以供给人们取暖，飞鸟挥动翅膀产生的那微微细风，如果持续不断地扇动可以产生巨大的风。世间的东西有大有小，起到的作用也不尽相同，作为一个人怎么会是毫无用处的呢？

学习要聚精会神，专心致志。要力求探索到更高的境界，设想到更远的地方，深刻的思想源于善用心智，使之变得灵巧，做文章要用优美如春天的花朵那样的手法去创作。处事只要处处精细，不怕不成形；造物要用心，不患不成器。尽到自己最大的努力，听从天命的安排，才可无愧于父母妻子。这样做下去，就可终身不会堕落。希望你勉励自己，把我的话当作箴言，不要心中糊涂，志向不明。

尹会一家训

尹会一

　　家事已悉。惟眷属来南，大费商量。吾意欲分为两班，轮流来往。每番都要交代清楚，方许起身。明定赏罚，才肯用心。此时便轮管家事，以试其才，将来才能执掌，此大局之宜先定者。家中诸凡俱只照常。待亲族，须以敬老济贫为主；待下人，须以宽为主，待多事小人，须以让为主。庆吊周礼，令美铨等代行为妥。湖纯新进学，不可效乡风轻出，忝然①居于成人之列，亲友虽弗悦，亦不可徇外为人也。

【作者简介】

　　尹会一，1691～1748 年，清直隶博野（今属河北）人，字元孚，号健馀。他自幼受过良好的家庭教育，尤其是母亲李氏的美德对他的影响颇大，以至他后来无论是为政、治学还是治家都无不表现出高尚的德行与良好的修养，为世人所称道。他是雍正二年（1724 年）进士，后任襄阳知府，有便民利民的政绩；乾隆初任河南巡抚，提倡理学，增订《洛学篇》，命州县立学；后累官至吏部侍郎督江苏学政。他为学注重力行，治学严谨缜密，面对异彩纷呈的古今学术取审慎选择的态度，从不妄加攻斥。著有《君鉴》、《臣鉴》、《士鉴》、《女鉴》、《小学篆注》、《近思录集解》、《抚豫条教》、《诗文集》、《从宜录》等。他对于子弟的教育，既注重身教，又注重言传，堪为表率。

【注释】

①忝：有愧于。忝然之意指不知羞愧。

【译文】

　　家中的消息都已经知晓了。只是关于家眷来南方的事情，还是需要好好商量一下。我的意思是最好分成两批，这批回去，下批再来。每次需要把事情都交代清楚后才可以动身。只有明确了赏罚的原则，大家才会安心做事。现在开始就轮流掌管家中的大小事情，这样可以检验出每一个人的才干学识，将来才能够掌管更大的事情，这是件大事，务必要先行确定清楚。家中的大大小小事情还按照以前的惯例进行，对待亲属，必须要以孝敬老人，接济贫困的为主，对待下人，务必要以宽容的态度对待，对于那些多事的小人，以保持忍让为好。婚丧嫁娶和祭祀之类的礼节，叫美铨等人代为办理就可以了。湖纯才刚刚考取了秀才，不可以像乡下的风俗那样随便外出，不要不知羞耻地和成人混在一起，参与他们的活动，就算亲友对此不高兴，也不要只听外人的意见来决定事情。

潍县署中寄舍弟墨第一书

郑 燮

　　读书以过目成诵为能，最是不济事。眼中了了，心下匆匆，方寸无多，往来应接不暇，如看场中美色，一眼即过，与我何与也？千古过目成诵，孰有如孔子者乎？读《易》至韦编三绝，不知翻阅过几千百遍来，微言精义①，愈探愈出，愈研愈入，愈往而不知其所穷，虽生知安行之圣，不废困勉下学之功也。东坡读书不用两遍，然其在翰林读《阿房宫赋》至四鼓，老吏苦之，坡洒然不倦，岂以一过即记，遂了其事乎！唯虞世南、张睢阳、张方平，平生书不再读，迄无佳文。且过辄②成诵，又有无所不诵之陋。即如《史记》百三十篇中，以《项羽本纪》为最，而《项羽本纪》中，又以巨鹿之战、鸿门之宴、垓下之会为最。反复诵观，可欣可泣，在此数耳。若一部《史记》，篇篇都读，字字都记，岂非没分晓的钝汉！更有小说家言，如破烂厨柜，臭油坏酱悉贮其中，其龌龊亦耐不得！

【作者简介】

　　郑燮，1693～1765 年，字克柔，号板桥，扬州兴化人。清乾隆元年进士，后在山东范县（今属河南）、潍县任知县达十二年，因助农民胜讼及办理赈济，得罪豪绅而罢官。任官前，罢官后，均居扬州卖字画为生。为"扬州八怪"之一，其诗、书、画世称"三绝"，擅画兰竹。一生画竹最多，次则兰、石，但也画松画菊，是清代比较有代表性的文人画家。其画笔趣横生，兀傲清劲，生机盎然，具有欣欣向荣的精神。其书法尤工，自称"六分半书"，"一字一笔，兼众妙之长"，以书、楷、行三体相参，圆润古委，极瘦硬之致，间以画法行之，挺秀别致。其诗、词、文章（家书为主），来自现实生活，情真语挚，悱恻动人。著有《板桥全集》。《郑板桥集》中，收集了作者的十六封家书。这里选录其中四封。

【注释】

①微言精义：微言，精微的言辞；精义，深刻的道理。多就儒家经书而言。

②辄：古代车箱两旁的板上向外翻出的部分，像耳下垂那样。

【译文】

如果读书仅仅满足于过目不忘，那是没有用处的。眼中如走马观花一般，脑子里仅仅是匆匆而过，留下的印象没有多少，只顾着不停地翻阅往往会应接不暇，就好比在路上看到美女，也只是留下惊鸿一瞥罢了，对自己有何意义可言呢？自古以来说到过目能诵的有谁能比得上孔子？孔子读《易经》就连穿竹简用的皮绳子都断了无数次，可以想见这些书不知被他研读过多少遍了，小小的书简里存在着深奥的道理，每一次深入的探索都能有新的发现，越是苦苦地钻研就越愿意研究下去，越读越不知道其中的道理有多深奥，即使具有超群的智慧，对一些疑难的问题也需要反复地钻研和虚心地求教才能够有所理解。苏东坡读书向来不用读两遍，然而他在翰林院读《阿房宫赋》时却一直读到深夜四更之时，守门的老吏叫苦不迭，而东坡却精神抖擞全然没有倦意，这难道是那种过目成诵，便以为大功告成的做法吗？只有唐朝的虞世南、张睢阳，宋朝的张方平，只要是看过的书就不再复读了，但他们因此到死也没有好的文章留下来。再说过目成诵，也有其全部都背诵的弊病，比如《史记》一百三十篇中，以《项羽本纪》最为精彩。而《项羽本纪》中，又以巨鹿之战、鸿门宴、垓下之会最为精彩。反复诵读这几篇，每次都会有令人悲喜和欣喜的感受。如果一部《史记》，篇篇都读，字字都记，岂不是成了分不清好坏、主次的笨蛋！更有一些文章，犹如破烂不堪的橱柜，什么臭油坏酱乌七八糟的东西都放在里面，龌龊之极令人无法卒读。

潍县署中寄舍弟墨第二书

郑 燮

　　余五十二岁始得一子，岂有不爱之理？然爱之必以其道，虽嬉戏顽耍，务令忠厚悱恻①，毋②为刻急也！

　　平生最不喜笼中养鸟，我图娱悦，彼在囚牢，何情何理，而必屈物之性以适吾性乎？至于发系蜻蜓、线缚螃蟹，为小儿顽具，不过一时片刻，便折拉而死。夫天地生物，化育劬劳③，一蚁一虫，皆本阴阳五行之气，纲缊而出，上帝亦心心爱念。而万物之性人为贵，吾辈竟不能体天之心以为心，万物将何所托命乎！

　　蛇蚖、蜈蚣、豺狼、虎、豹，虫之最毒者也，然天既生之，我何得而杀之？若必欲尽杀，天地又何必生？亦惟驱之使远，避之使不相害而已。蜘蛛结网，于人何罪？或谓其夜间咒月，令人墙倾壁倒，遂击杀无遗④，此等说话，出于何经何典，而遂以此残物之命，可乎哉？可乎哉？

　　我不在家，儿子便是你管束。要须长其忠厚之情，驱其残忍之性，不得以为犹子而姑纵惜也。家人儿女总是天地间一般人，当一般爱惜，不可使吾儿凌虐他。凡鱼飧⑤果饼，宜均分散给，大家欢嬉跳跃。若吾儿坐食好物，令家人子远立而望，不得一沾唇齿，其父母见而怜之，无可如何，呼之使去，岂非割心剜肉乎？

读书中举、中进士做官，此是小事，第一要明理作个好人。可将此书读与郭嫂、饶嫂听，使二妇人知爱子之道，在此不在彼也。

（书后又一纸）

所云不得笼中养鸟，而予又未尝不爱鸟，但养之有道耳。欲养鸟，莫如多种树，使绕屋数百株，扶疏⑥茂密，为鸟国鸟家。将旦时睡梦初醒，尚辗转在被，听一片啁啾，如云门、咸池之奏。及披衣而起，颒面⑦嗽口啜茗⑧，见其扬翚⑨振彩，倏往倏来，目不暇给，固非一笼一羽之乐而已。大率平生乐处，欲以天地为囿⑩，江汉为池，各适其天，斯为大快，比之盆鱼、笼鸟其钜细⑪、仁忍，何如也。

【注释】

①悱恻：悱恻形容内心悲苦凄切；忧思抑郁，心绪悲苦而不能排遣。

②毋：不要，不可以。

③化育劬劳：化育，滋养；养育。劬劳，劳苦、苦累的意思，特指父母抚养儿女的劳累。文中指天地孕育万物并辛苦培育所付出的劳苦。

④无遗：一点不遗留。

⑤飧：晚饭，亦泛指熟食，饭食。

⑥扶疏：枝叶茂盛，高低疏密有致。

⑦颒面：洗脸。

⑧啜茗：喝茶。意指悠闲地饮茶。

⑨扬翚：翚，飞翔、古书上指有五彩羽毛的雉。指伸开美丽的羽毛展翅高飞之意。

⑩囿：养动物的园子。

⑪钜细：大与小。

【译文】

　　我在五十二岁时才有了儿子，哪里有不疼爱的道理呢？但是疼爱孩子也要合乎情理有个限度，即使只是游戏玩耍，也要教导他做个忠厚老实懂得怜惜别人的人，不要做刻薄寡恩之人。

　　我这辈子最不喜欢的就是用笼子把鸟圈起来养，为了我自己高兴，却要鸟儿身处牢笼，这于情于理都不对，有什么道理非要剥夺鸟儿的天性而满足我的喜好呢？还有那些用发丝系住蜻蜓、用线捆住螃蟹，作为孩子们取乐的行为，可曾想过那些蜻蜓、螃蟹没有多长时间都会被拉扯折断而死去吗。天地孕育造就了世间万物，不辞辛苦地养育着所有生灵，就算是一只蚂蚁、一个虫子，也都是从天地间阴阳五行之气孕育而出的，上天对它们也是心生爱怜的。虽然在世间万物之中，人是最为高贵的生灵，但我们这样高贵的生灵竟然不懂得体会上天的仁德之心而为了自己的喜好、利益去杀戮和残害其他生灵，这让弱小的它们依靠什么生存呢？

　　毒蛇、蜈蚣、豺狼、虎、豹，是最凶猛和毒辣的动物，但上天既然生养了它们，我又有什么权利去杀害它们呢？如果一定要对它们赶尽杀绝，天地又何必生它们呢？也只能驱赶使它们远离，避开它们，使彼此不互相伤害就可以了。还有蜘蛛结网，得罪了人类哪一点呢？有人说蜘蛛夜间会向月亮祝祷、诅咒，害得人家墙壁倾倒，于是就一律把蜘蛛除掉。这种说法，到底是根据哪一部经典而得出的结论呢？然而竟然以这样的理由去残害其他生物的性命，可以吗？可以吗？

我为官在外时，儿子就由你来管教约束，一定要注重培养他忠厚老实的品行，洗涤和驱除他性格中残忍的那一面，不可因为是侄儿就姑息放纵他不良的行为。仆役的子女也是天地所生和我们一样的人，要同样爱护，一定不可让我儿子欺负他们。那些鱼饭果饼，也要分一些给众人，让孩子们都高兴欢跃。如果我儿一人吃好东西，让仆役子女站在一旁眼巴巴地看，不能吃到一点，他们的父母看了疼惜自家孩子，却又没有法子，只有叫孩子走开。这岂不是令做父母的承受如割心挖肉般痛苦吗？

读书考上举人、再考上进士做官，这些是小事，最重要的是要懂礼知法做个好人。可把这封信念给郭嫂、饶嫂听，使这两妇人明白如何疼爱孩儿的道理，这是做人很重要的一点，而不在于一味地疼爱呀！

（信后又附一纸）

我说不可用笼子养鸟，并不是说我不喜欢鸟，只是希望能用合乎情理的正道去养罢了！想要养鸟，不如多种些树木，几百棵树环绕在屋子周围，枝繁叶茂，那样鸟儿就会在这里安家，也会把这里当成自己栖息的地方。天刚蒙蒙亮的时候，我刚好睡醒，还在被子里翻身的时候，听到一片鸟儿的叫声，就像云门、咸池的乐曲在演奏。等到披好衣服起身，洗脸漱口之后，啜饮茗茶，又见到鸟儿们悠然自得地在天空中振翅飞翔，飞过来，飞过去，让人目不暇接，所以这就不只是一个笼子、一只鸟能够给人带来的乐趣了。人生之中最快乐的，是能以天地为花园，长江、汉水作池子，万物各自适意于它本然的天性，广大自在，这才是最快意的啊！这和盆里养鱼、笼中养鸟比较起来，其胸襟之宽阔与窄小，存心之仁厚与残忍，哪一种更好呢？

潍县署中寄舍弟墨第三书

郑 燮

　　富贵人家延师傅教子弟，至勤至切，而立学有成者，多出于附从贫贱之家，而己之子弟不与焉。不数年间，变富贵为贫贱，有寄人门下者，有饿草乞丐者，或仅守厥①家，不失温饱，而目不识丁，或百中之一，亦有发达者，其为文章，必不能沉著痛快，刻骨镂心，为世所传诵。岂非富贵足以愚人，而贫贱足以立志而浚②慧乎！我虽微官，吾儿便是富贵子弟，其成其败，吾已置之不论，但得附从佳子弟有成，亦吾所大愿也。至于延师傅，待同学，不可不慎。吾儿六岁，年最小，其同学长者当称为某先生，次亦称为某兄，不得直呼其名。纸笔墨砚，吾家所有者，宜不时散给诸同学。每见贫家之子，寡妇之儿，求十数钱买川连纸，钉仿字簿，而十日不得者，当察其故而无意中与之。至阴雨不能即归，辄留饭，薄暮，以旧鞋与穿而去。彼父母之爱子，虽无佳好衣服，必制新鞋袜，来上学堂，一遭泥泞，复制为难矣。

　　夫择师为难，敬师为要，择师不得不审，既择定矣，便当尊之敬之，何得复寻其短。吾人一涉宦途，即不能自课其子弟，其所延师，不过一方之秀，未必海内名流，或暗笑其非，或明指其误，为师者既不自安，而教读不能尽心，子弟复持藐忽心，而不力于学，此最是受病处。不如就师之所长，且训吾子弟之不逮，如必不可从，少待来年，更请他师。而年内之礼节尊崇，必不可废。

又有五言绝句四首，小儿顺口好读，令吾儿且读且唱，月下坐门槛上，唱与二太太两母亲叔叔婶娘听，便好骗果子吃也：

二月卖新丝，五月粜新谷。医得眼前疮，剜却心头肉。

耘苗日正午，汗滴禾下土。谁知盘中餐，粒粒皆辛苦。

昨日入城市，归来泪满巾。遍身罗绮者，不是养蚕人。

九九八十一，穷汉受罪毕。才得放脚眠，蚊虫蚤虱出。

【注释】

①厥：乃、于是。

②浚：疏通、挖掘。

【译文】

　　有钱人家花重金聘请老师教自己的孩子念书，态度上也是殷勤备至，但那些学业有成的却往往都是穷人家的孩子，自己家的孩子反而没学到什么知识。如此过不了多少年，富贵人家的孩子由于没有真才实学，家境慢慢败落了，有的寄人篱下，有的沦为乞丐，有的守着自家产业虽然衣食无忧，但却没有什么文化，连几个大字也认不得。也偶然会有一些例外的富家子弟学有所成，但是他们所做的文章也只是流于表面，不能得其神髓，所以并不能流芳百世被众人所传颂。这不就是人们常说的富贵的生活容易消磨人的意志让人头脑变得愚笨，而贫困的生活总能激发人的斗志，让人立志奋发图强吗！我虽然只是个小官，但是孩子们也算是富家子弟。他们今后的成败我先放下不说，只要能跟着那些有学识的同窗一起有所成长，就是我最大的心愿了。在聘请老师和结交同学这方面一定要慎重地选择。我的儿子刚刚年满六岁，是一起上学的孩子里年龄最小的，对于那些年岁比较大的同学应该尊重的称呼人家为先生，比自己岁数稍微大一些的也要尊称为兄长，不可以直接叫人家的名字。笔墨纸砚等学习所用之物品，家里都准备得很齐全，可以适当地分给大家一起用。如果看到那些家庭贫困和失去母亲的孩子，长时间都无法攒够买学习用具的钱，应该搞清楚原因，然后在合适的机会下以不伤害他们自尊心的方式赠予。如果遇到阴雨天气，应该把同学留下来吃饭，等晚上他回去的时候把旧鞋送给他穿。这些孩子的父母也都很疼爱他们，但因为家庭贫困无法购买好的衣服和鞋帽，但还是会竭尽所能为他们做新的鞋和袜子，如果一旦因为下雨导致道路泥泞而把新的鞋子弄脏了，再做一双对于他们就很困难了。

选择一个好的老师是非常不容易的，所以一定要对老师尊敬有加，选择老师的时候一定要仔细斟酌再决定，如果一旦选定了哪一位作为孩子的老师，就应该尊重他，不应该再处处找寻他的不足之处。我现在忙于官事，就没有时间亲自教孩子读书了。所请的老师也只是那个地方比较优秀的人，但不一定是全国闻名的。如果有的孩子们悄悄嘲笑老师的不足或是公开指出老师的失误，那么老师一定会因此而感到不安，因而讲授知识时也不能尽心尽力，这样的话学生们必定也会荒疏学业，这是最糟糕的事情了。应该专心地学习老师优秀的长处，来弥补和增长孩子不足的地方，如果真的学不到什么有用的东西，那就第二年再聘请新的老师去教导他，但在今年这任老师在的时候，尊重师傅的礼节不可以有所疏忽。

有四首五言绝句顺口朗朗上口，可以让孩子一边读一边唱，等月亮上来时坐在门槛上唱给他的母亲、叔叔、婶婶听，从而博得大家的赞叹也可以得到些奖赏：

　　二月卖新丝，五月粜新谷。医得眼前疮，剜却心头肉。

　　耘苗日正午，汗滴禾下土。谁知盘中餐，粒粒皆辛苦。

　　昨日入城市，归来泪满巾。遍身罗绮者，不是养蚕人。

　　九九八十一，穷汉受罪毕。才得放脚眠，蚊虫蚤虱出。

潍县署中寄舍弟墨第四书

郑 燮

十月二十六日，得家书，知新置田获秋稼五百斛①，甚喜。而今而后，堪为农夫以没世矣。要须制碓，制磨，制筛、箩、簸箕，制大小扫帚，制升、斗、斛。家中妇女率诸婢妾，皆令习舂、揄、蹂、簸之事，便是一种靠田园长子孙气象。天寒冰冻时，穷亲戚朋友到门，先泡一大碗炒米送手中，佐以酱姜一小碟，最是暖老温贫之具。暇日咽碎米饼，煮糊涂粥，双手捧碗，缩颈而啜之，霜晨雪早，得此周身俱暖。嗟乎！嗟乎！吾其长为农夫以没世乎！

我想天地间第一等人，只有农夫，而士为四民之末。农夫上者种地百亩，其次七八十亩，其次五六十亩，皆苦其身，勤其力，耕种收获，以养天下之人。使天下无农夫，举世皆饿死矣。吾辈读书人，入则孝，出则弟，守先待后，得志，泽加于民；不得志，修身见于世，所以又高于农夫一等。今则不然，一捧书本，便想中举、中进士、做官，如何攫取②金钱，造大房屋，置多田产。起手便错走了路头，后来越做越坏，总没有过好结果。其不能发达者，乡里作恶，小头锐面，更不可当。夫束身自好者，岂无其人？经济自期，抗怀千古者，亦所在多有，而好人为坏人所累，遂令我辈开不得口。一开口，人便笑曰："汝辈书生，总是会说，他日居官，便不如此说了。"所以忍气吞声，只得挨人笑骂。工人制器利用，贾人搬有运无，皆有便民之处；而士独于民大不便，无怪乎居四民之末也。且求居四民之末而说不可得也。

愚兄平生最重农夫，新招佃地人，必须待之以礼。彼称我为主人，我称彼为客户；主客原是对待之义，我何贵而彼何贱乎？要礼貌他，要怜悯他；有所借贷，要周全他；不能偿还，要宽让他。尝笑唐人七夕诗，咏牛郎织女，皆作会别可怜之语，殊失命名本旨。织女，衣之源也；牵牛，食之本也，在天星为最贵。天顾重之，而人反不重乎？其务本勤民，呈象昭昭可鉴矣。吾邑妇人，不能织绸织布，然而主中馈③，习针线，犹不失为勤谨。近日颇有听鼓儿词，以斗叶为戏者，风俗荡轶，亟④宜戒之。

吾家业地虽有三百亩，总是典产，不可久恃。将来须买田二百亩，予兄弟二人，各得百亩足矣，亦古者一夫受田百亩之义也。若再求多，便是占人产业，莫大罪过。天下无田无业者多矣，我独何人，贪求无厌，穷民将何所措足乎！或曰："世上连阡越陌，数百顷余者，子将奈何？"应之曰："他自做他家事，我自做我家事。"世道盛则一德遵王，风俗偷则不同为恶，亦板桥之家法也。哥哥字。

【注释】

①斛：中国旧量器名，亦是容量单位，一斛本为十斗，后来改为五斗。

②攫取：抓取、拿取或掠取。

③中馈：指家中供膳诸事。

④亟：急切，待解决，待纠正。

【译文】

十月二十六日，收到你们寄来的家信，得知新买的田地在秋收之际收获了五百斛稻谷，我十分高兴。从今以后，我们就是做农夫也可以不愁吃穿了。不过需要置备齐全舂米的碓、磨子、筛子、箩筐、簸箕，大小扫帚，升、斗、斛等用具。还要让家中的管事的女子带领所有侍女妻妾学习舂米、掏臼、踏穗取谷、簸米除糠等类技能，从此我们就可以依靠种田来过上世代相传的田园生活了。每当天寒地冻的季节，有贫困的亲戚前来，一定要先泡上一碗炒米送到他们手中，再配上一小碟酱姜，这是最能温暖老人和贫苦之人的东西了。闲暇的日子里吃着碎米烙饼，煮好粥，两只手将碗慢慢捧起，缩着脖子顺着碗边慢慢地吸溜，即使是降霜下雪的日子，也会觉得全身暖融融的。哈哈，看来我要以一个农夫的身份了此一生了。

我想天地间第一逍遥的就是农夫了，读书人只能居于四民的最后一等。一个上等的农夫可以种一百亩地，稍差一些的可以种七十到八十亩，再差一点的也能种五十到六十亩，他们都是辛苦的人，依靠勤劳耕种来自给自足，并且养活天下的人。假如世界上没有了农夫，那全天下的人都要饿死了。至于我们这些读书人，在家要做到孝顺父母，出外要做到尊重长辈，要谨守先人的成就，还要等待后来者去继承和发扬。如果有出息做了官，要将恩惠施与百姓，不得志就要修身养性隐居起来，这么说来要比农夫稍高出一等。而现在的读书人却不再是这样，他们拿起书本，只是想要考中举人，再考取进士去做官，一心想着怎么敛财，如何盖大房子，置其田产。这些人读书的初衷就不正确，只能在偏离的道路上越走越远、越做越糟糕，以致最后没有好的结局。那些没有考取上功名的人，在家乡做着坏事，四处钻营，更让人觉得难以忍受。而能够做到洁身自好的，修身养性的难道都没有了吗？其实期望自己做经世济民、与古人能相提并论的人，也有很多。但是好人被坏人的行为所牵累，使得我们也无法理直气壮地说话。一说话，别人便会讥笑说："你们这些所谓的读书人，总是说的比做的好听，一旦一朝为官，说的便和做的不一样了。"所以我们也只能忍气吞声，由得人家指责和笑骂了。工人制造器具，可以让人使用起来方便快捷，商人疏通买卖货物，也都有方便人们的地方，只有读书人对人们没贡献，难怪列在四民的最末等，甚至想列在四民的最末等也很困难啊！

愚兄我这辈子最敬重农夫，家中新招来种地的农人，一定以礼相待。他们称呼我们为主人，我们应该称呼他们为客户，主人和客户都是相互对等相互尊重的，我又有什么尊贵之处，而他们又有什么卑贱之处呢。对待他们要有礼貌，对于他们穷困的处境要给予同情，如果他们需要借贷，就帮助他们，暂时无力偿还的话，也要宽容地对待他们。我曾经笑唐朝人写的七夕诗，歌咏牛郎织女的故事，都偏重爱情的相会和离别，写一些悲伤可怜的话，却完全失去了原诗重视农业的本意。织女，是我们所穿衣服的来源；牵牛，是我们所吃食物的根本，在天星之中是最高贵的。就连上天都对他们异常重视，而我们作为平凡人反而不去重视吗？这篇故事是劝人勤勉，重视耕织，呈现出来的星象，明明白白地可以作为我们的鉴戒。我们乡里的妇女，不会织绸织布，但是主持家中的饮食，学习针线，还算是勤谨的。但是近来也有一些妇女喜欢听鼓词、玩纸牌当作消遣，风气日渐败坏，应该赶快戒除。

我们家虽有三百亩田地，但那属于别人家典押的产业，不可永远依靠它。将来必须买二百亩田地，我们兄弟两人，各有一百亩就够了，这也正应了一个农夫种百亩田那句古话。如果再求多，就是贪占了别人的产业，没有比这更大的罪过了。因为天下没有田地产业的人太多了，我只是一个平凡人，凭什么贪心而不知道满足呢，那让穷人怎么立足谋生呢？也许有人会说："世间有人田地广大超过几百顷以上，你又有什么办法呢？"我回答说："他自己做他家的事，我自己做我家的事。"世风淳厚，就共同遵从王法，世风败坏，就洁身自爱，不同流合污，这也是我的治家原则啊！哥哥字。

为学一首示子侄

彭端淑

　　天下事有难易乎？为之，则难者亦易矣；不为，则易者亦难矣。人之为学有难易乎？学之，则难者亦易矣；不学，则易者亦难矣。吾资之昏不逮人，吾材之庸不逮人也，旦旦而学之，久而不怠焉，迄①乎成，而亦不知其昏与庸也。吾资之聪倍人也，吾材之敏倍人也；屏弃而不用，其与昏与庸无以异也。圣人之道，卒于鲁也传之。然则昏庸聪敏之用，岂有常哉？

　　蜀之鄙②有二僧，其一贫，其一富。贫者语于富者曰："吾欲之南海，何如？"富者曰："子何恃而往？"曰："吾一瓶一钵足矣。"富者曰："吾数年来欲买舟而下，犹未能也，子何恃而往？"越明年，贫者自南海还，以告富者，富者有惭色。西蜀之去南海，不知几千里也，僧之富者不能至，而贫者至之。人之立志，顾不如蜀鄙之僧哉？

　　是故聪与敏，可恃而不可恃也；自恃其聪与敏而不学者，自败者也。昏与庸，可限而不可限也；不自限其昏与庸而力学不倦者，自力者也。

【作者简介】

彭端淑，约 1699～约 1779 年，字乐斋，号仪一，眉州丹棱（今四川丹棱县）人。约生于清圣祖康熙三十八年，约卒于清高宗乾隆四十四年。清朝官员、文学家，与李调元、张问陶一起被后人并称为"清代四川三才子"。彭端淑十岁能文，十二岁入县学，与兄彭端洪，弟彭肇洙、彭遵泗在丹棱萃龙山的紫云寺读书。雍正四年（1726 年），彭端淑考中举人；雍正十一年又考中进士，进入仕途，任吏部主事，迁本部员外郎、郎中。乾隆十二年（1747 年），彭端淑充顺天（今北京）乡试同考官。

【注释】

①迄：到，至。
②鄙：边界，边缘。

【译文】

天下的事有容易和困难的分别吗？如果坚持去做，困难的事情也会变得容易起来，如果不去做，那么容易的事情也会变得困难。人们在学习的过程中，有困难和容易的分别吗？坚持学习，困难的就会变得容易起来，倘若放弃学习，那么容易的也会变得异常困难。我的才能和天资很愚笨，比不上别人才思敏捷。但我坚持每日勤奋学习，从来没有懈怠过，直到现在我学业有成，竟然也没有感觉到自己有多么愚笨和平庸。我的天资聪明过人，才干学识都超过别人数倍，但如果抛弃这些长处不发挥它的作用，那么，我和那些愚蠢平庸的人也没有任何区别了。孔子的学说，最终是由天资并不高的曾参传下来的。那么，愚笨平庸和聪明敏捷，难道还会是一成不变的吗？

　　在四川边远的地方，有两个和尚，其中一个很穷，一个较为富有。一天，穷和尚对富和尚说："我打算去南海取经，你看怎么样？"富和尚说："去南海，你依靠什么去呢？"穷和尚回答道："我有一个瓶子和一个钵就足够了。"富和尚说："这几年来，我一直在想买船东下南海，还没有能办到。你仅仅凭一个瓶子和一个钵怎么可能去得了呢？"到了第二年，穷和尚果真从南海取经回来。他将去南海的事告诉富和尚。富和尚听了，脸上露出惭愧的神色。四川距离南海，不知有几千里的路程，富和尚没有去成，穷和尚却去成了。人们立志，难道还不如四川边远地方的和尚吗？

　　所以说聪明与敏捷，可以依靠但却不能依赖。依仗自己的聪明与敏捷而不努力学习的人，最终会是一个失败的人。愚笨与平庸，可以限制自己但又不能让它束缚住自己。自己不受天资愚笨与才干平庸的约束，而坚持不懈，不知疲倦学习的人，是自求上进的人。

袁枚与弟纾亭书

袁 枚

阿通年十七矣，饱食暖衣，读书懒惰。欲其知考试之难，故命考上元以劳苦之，非望其入学也。如果入学，便入江宁籍贯。祖宗邱墓①之乡，一旦捐弃，揆②之齐太公五世葬周之义，于我心有戚戚焉。两儿俱不与金陵人联姻，正为此也。不料此地诸生，竟以冒籍控官。我不以为怨，而以为德。何也？以其实获我心故也。不料弟与纾亭大为不平，引成例千言，赴诉于县。我以为真客气也。

夫才不才者本也，考不考者末也。儿果才，则试金陵可，试武林可，即不试亦可。儿果不才，则试金陵不可，试武林不可，必不试废业而后可。为父兄者，不教以读书学文，而徒与他人争闲气，何不揣其本而齐其末哉！"知子莫若父"，阿通文理粗浮，与"秀才"二字相离尚远。若以为此地文风不如杭州，容易入学，此之谓"不与齐楚争强，而甘与江黄竞霸"，何其薄待儿孙，诒谋之可鄙哉！子路曰："君子之仕也，行其义也。"非贪爵禄荣耀也。李鹤峰中丞之女叶夫人慰儿落第诗云："当年蓬矢桑弧③意，岂为科名始读书？"大哉言乎！闺阁中有此见解，今之士大夫都应羞死。要知此理不明，虽得科名作高官，必至误国，误民，并误其身而后已。无基而厚墉，虽高必颠，非所以爱之，实所以害之也。然而人所处之境，亦复不同，有不得不求科名者，如我与弟是也。家无立锥，不得科名，则此身衣食无着。陶渊明云："聊欲弦歌，以为三径④之资。"非得已也。有可以不求科名者，如阿通、阿长是也。我弟兄遭逢一盛世，清俸之余，薄有田产，儿辈可以度日，倘能安分守己，无险情赘行，如马少游所云："骑款段马，作乡党之善人"，是即吾家之佳子弟，老夫死亦瞑目矣，尚何敢妄有所希冀哉。

不特此也。我阅历人世七十年，尝见天下多冤枉事。有刚悍之才，不为丈夫而偏作妇人者；有柔懦之性，不为女子而偏作丈夫者；有其才不过工匠、农夫，而枉作士大夫者。有其才可以为士大夫，而屈作工匠、村农者。偶然遭际，遂戕贼杞柳以为桮棬，殊可浩叹！《中庸》有言"率性之谓道"，再言"修道之谓教"，盖言性之所无，虽教亦无益也。孔、孟深明此理，故孔教伯鱼不过学诗学礼，义方之训，轻描淡写，流水行云，绝无督责。倘使当时不趋庭，不独立，或伯鱼谬对以诗礼之已学，或貌应父命，退而不学诗，不学礼，夫人竟听其言而信其行耶？不视其所以察其所安耶？何严于他人，而宽于儿子耶？至孟子则云："父子之间不责善"，且以责善为不祥。似乎孟子之子尚不如伯鱼，故不屑教诲，致伤和气，被公孙丑一问，不得不权词相答。而至今卒不知孟子之子为何人，岂非圣贤不甚望子之明效大验哉？善乎北齐颜之推曰："子孙者不过天地间一苍生耳，与我何与，而世人过于珍惜爱护之。"此真达人之见，不可不知。

有门下士，因阿通不考为我怏怏⑤者；又有为我再三画策者。余笑而应之曰："许由能让天下，而其家人犹爱惜其皮冠⑥；鷦鹩愁凤凰无处栖宿，为谋一瓦缝以居之。诸公爱我，何以异兹？韩、柳、欧、苏，谁个靠儿孙俎豆⑦者？箕畴五篇，儿孙不与焉。"附及之以解弟与纾亭之惑。

【作者简介】

袁枚，1716～1798年，汉族，字子才，号简斋，晚年自号仓山居士、随园主人、随园老人，清代诗人、散文家、文学评论家，钱塘（今浙江杭州）人。乾隆四年进士，授翰林院庶吉士。

乾隆七年外调做官，先后于江苏历任溧水、江宁、江浦、沭阳任县令七年，为官治勤政颇有名声，奈仕途不顺，无意吏禄；于乾隆十四年（1749年）辞官隐居于南京小仓山随园，四十岁即告归。在江宁小仓山下筑随园，吟咏其中，著述以终老，世称"随园先生"。广收诗弟子，女弟子尤众。

袁枚与纪晓岚素有"北纪南袁"之称，袁枚倡导"性灵说"，为乾隆、嘉庆时期代表诗人之一，与赵翼、蒋士铨合称为"乾隆三大家"。有《小仓山房集》、《随园诗话》及《补遗》，《子不语》、《续子不语》等著作传世。

【注释】

①邱墓：坟墓，祖先的墓地。

②揆：推测、揣度，准则、道理。

③蓬矢桑弧：古时男子出生，以桑木作弓，蓬草为矢，射天地四方，象征男儿应有志于四方。后用作勉励人应有大志之词。

④三径：亦作"三迳"。意为归隐者的家园或是院子里的小路，后指房屋，田园。

⑤怏怏：不高兴，不满意。

⑥皮冠：古人打猎时所戴的帽子。

⑦俎豆：俎和豆，古代祭祀、宴飨时盛食物用的两种礼器，亦泛指各种礼器。后引申为祭祀和崇奉之意。

【译文】

阿通今年已经十七岁了，平时在家中吃得好穿得暖，读书却异常懒惰。为了能够让他知晓读书考试的困难，所以这次让他去上元读书，为的只是让他知道读书的辛苦，而不是非要让他参加童生考试，如果他愿意去参加考试，那就让他去江宁读书，也可以在那里入籍。祖先世代埋骨的地方，如果舍弃了，就和姜太公五世之后才埋藏回齐国是一样的道理了，想到这些我心里总会感到伤感。两个儿子都没有和南京人结亲，也正是出于这个原因啊。哪知道这个地方很多入学的生员，居然以冒充江宁籍的罪名告到了官府。对此我并没有心生怨恨，相反，我倒认为这是一种好的德行。为什么呢？因为通过这件事我收获了很多东西，所以我的内心深处很坦然。没有料到弟弟和纾亭对此感到不平，把过去多年的例子写成满满的状纸，去到县衙打官司了，我认为你们还真是客气啊。

一个人有没有才华是最根本的，去不去考试则是次要的。如果儿子真的有真才实学，那么在南京府考试也行，在杭州考试也可以，即使不去考也没有什么。如果儿子没有真材实料，那在南京府考不行，在杭州考还是一样不行，只有不再考试，放弃了以后才行。作为孩子的父母和兄长，不去教导子女和幼弟读书做人的道理，而是去与别人争短长置闲气，有那些时间为什么不去从根本上解决问题，而是追求次要的东西呢？作为父亲最清楚儿子的斤两，阿通才学疏浅，想要考上秀才还差得很远。你们如果认为这个地方比杭州要好入学，那就属于不与最强大的人去竞争，却甘愿和弱小的一较短长了，这样轻率地对待子孙，用这种误人子弟的方式为子孙谋划未来是多么的可耻啊。子路曾说过："有德行的人做官是为了施行仁义"并不是贪图爵位、福禄和荣誉的。李鹤峰的女儿叶夫人在安慰她儿子考试不中时的诗中说："当年立下宏大志向的用意，难道就是为了争取功名才读书的吗？"这话说得多好啊，一个女人能够有如此之高的见解，那些士大夫们应该为此感到羞愧。如果不明白这个道理，就算你考中了，做了大官，那也必然是个误国误民，最后也贻误自身的人。又高又厚的城墙如果没有坚实的基础作为保障，即便建造得再高，最后也会轰然倒塌，如果你们坚持这样做那并不是爱他，而是害了他。每一个人所处的境遇都不相同，有不得已而去追求科名的，就像我和我的弟弟都是如此。家里连一寸土地都没有，如果我们不努力读书考取功名，连温饱都无法解决。陶渊明说："在百无聊赖的时候想要弹奏一曲，但家里连修葺庭院的钱都没有，哪里还有心思去弹琴唱歌呢？"这都是不得已而为之的事情啊。也有可以不用读书考取功名的，比如阿通和阿长他俩。我们兄弟俩遇到了好的世道，除了朝廷给予的俸禄，还有些许田产，这些就够儿孙吃穿不愁的了。如果能够在家里安分守己，就不会有任何危险发生，正如马少游说的那样："如果没有卓越的才能学识，就老老实实地在家乡做一个本分的人吧。"这就算是我家很不错的孩子了，我死后也可以安稳地闭上眼睛了，还敢再有什么多余的奢望呢？

不过也有例外，我活到现在有七十多年的阅历了，曾经见过很多奇怪的事情。有的人性格刚强勇敢，但却不做大丈夫该干的事情，而偏偏去做女人们才做的事，有的人性格软弱胆怯，不去做女人该做的事情，却偏偏要去做大丈夫所做的事。有些人的才能学识只能当个工匠和农夫，然而去当官做了士大夫，有的才能卓越本可以当大官的人却在乡下委屈地做着工匠和农夫。人生的际遇充满着偶然和变数，用编竹筐的柳条去做一个粗糙的杯子，这实在是让人扼腕叹息的事情啊！《中庸》这本书里曾经说过："遵循天命就叫作道行。"又说："修养道德称为教化。"意思就是如果天生没有那个才能，即便再怎么教也不会收获太多。孔子和孟子都深深懂得这个道理。所以孔子只教他的儿子伯鱼《诗经》和《礼记》，至于有关家训方面的事，只是轻描淡写地一带而过，没有想去监督和责备他完成的意思。倘若当初伯鱼不接受父亲的教导，性格又不自立。或者伯鱼谎称他已经学习了诗和礼，或者是他仅仅是表面上答应了孔子，等到孔子离开后他还是不学诗和礼，孔子会只听他说的话就相信了他吗？怎么会只看他做不做而不是细心观察他是否真心想做呢？对自己的儿子如此宽容，又凭什么严格地去要求别人呢？对于这类事情，孟子曾说："父子之间最好不要相互指责为好。"他认为父子之间相互指责是很不好的行为。这样看来，孟子的儿子似乎还不如孔子的儿子，所以孟子也不想去教诲他，如果一味强加教导，他儿子又不听从，反而因此伤了和气，等到被公孙丑发问时，他才不得不暂时用别的理由搪塞过去。直到现在人们也不知道孟子的儿子到底是个什么样的人，这难道证明圣贤之人都不希望自己的儿子有所作为吗？北齐的颜之推说得好："儿子、孙子也只不过都是天地间的一个生灵而已，与我有什么关系呢，只是世上的人太珍惜爱护他们了。"这真是豁达之人的见解，不能不去学习。

　　我门下的学生，有的因为阿通不考学而对我感到不满甚至不高兴的，也有替我出谋划策想办法的。对此，我只是笑着说：

"许由能够放弃整个天下，而他家里的人却还异常爱惜他打猎时所戴的帽子，小小的鹪鹩担心神圣的凤凰没有住的地方，而想替它寻找一片瓦缝来居住。各位都如此爱护我，为什么却对这样的道理都不明白呢？韩愈，柳宗元，欧阳询，苏东坡，哪个是靠儿孙才享受到世人崇奉的？《洪范九畴》五篇的制定，周武王的儿孙不也都是没参与吗！"附带说了这么多，希望能解开弟弟和纾亭有疑惑的地方吧。

谕 儿

纪 昀

　　尔初入世途，择友宜慎，友直友谅友多闻益矣。误交真小人，其害犹浅；误交伪君子，其祸为烈矣。盖伪君子之心，百无一同：有拗捩①者，有偏倚者，有黑如漆者，有曲如钩者，有如荆棘者，有如刀剑者，有如蜂虿②者，有如狼虎者，有现冠盖形者，有现金银气者。业镜高悬，亦难照彻。缘其包藏不测，起灭无端，而回顾其形，则皆岸然道貌，非若真小人之一望可知也。并且此等外貌麟鸾③中藏鬼蜮④之人，最喜与人结交，儿其慎之。

【作者简介】

　　纪昀，1724～1805 年，字晓岚，又字春帆，在《笔记》一书上署名为"观弈道人"，谥号"文达"，清直隶河间府献县（今河北献县）人。乾隆进士，入翰林院，官至礼部尚书、兵部尚书、协办大学士（副宰相）。是清朝著名的学者、文学家。他曾任《四库全书》总编，参与《历代职官表》等官书纂修。自著有《乌鲁木齐杂诗》、《我法集》、《史通削繁》、《删正帝京景物略》、《阅微草堂笔记》等。纪昀客居国都，但仍念念不忘教子。《寄

内》是纪昀写给妻子的一封关于教育子女的家信。《训长子》是
直接写给儿子的信。

【注释】

①拗捩：歪曲、不顺、顽固。

②蜂虿：蜂和虿。都是有毒刺的螫虫。文中之意比喻恶人或敌人。

③麟鸾：麟为麒麟，鸾为凤凰，均为古代传说中的神兽。文中之意指
人中龙凤，一表人才之意。

④鬼蜮：指害人的鬼和怪物。比喻阴险的人。因鬼与蜮都是暗中害人
之物（蜮：传说中在水里暗中害人的怪物）。语本《诗·小雅·何人斯》：
"为鬼为蜮，则不可得。"鬼和蜮都是暗中害人的精怪。后以"鬼蜮"喻用
心险恶、暗中伤人的小人。宋苏轼《孔北海赞》序："而曹操阴贼险狠，
特鬼蜮之雄者耳。"《明史·冯琦传》："运机如鬼蜮，取财尽锱铢。"

【译文】

你现在刚刚走进复杂的社会，在选择朋友的时候一定要持谨
慎的态度。结交那些为人正直、诚实守信、见多识广的朋友，对
你是非常有益处的。如果你错误地结交了一些没有德行之辈，其
危害还不至于很深，但如果因一时疏忽错误地把那些伪君子当成
朋友，那祸患可是无穷的啊。一般来说，这些伪装成正人君子的
人，其内心深处也都各不相同，有的执拗顽固、有的不明事理、
有的心肠黑如墨漆、有的心中暗藏刀剑、有的心意违逆不顺、有
的歹毒得像虎狼。这些人有的是身居官位、有的是财大气粗。即
使你有一面能把人照射个清楚的镜子，也未必能把这样的人看清
楚。其原因是因为这些人的内心深处暗藏着不可揣测的心计，而
且总是变幻无常、且开始和结束都让人不易察觉。单从外表上去
看，他们一个个都道貌岸然、斯文正派，不像那些普通的小人能

够让你一眼便看穿，而且这些人大多五官端正，有的还具有高雅的气质，但内心里都是包藏祸心的险恶之人，最让我不放心的是，这些人都很喜欢和人结交，所以，儿子啊，你在选择朋友的时候一定要小心再小心，谨慎再谨慎啊。

不取污手之钱

林则徐

　　粤中饮食，与闽相仿佛，尚堪①适口。惟开支甚巨，恒虑入不敷出。而又自矢②清廉，决不敢于俸禄而外，妄取民间或下僚分毫。务使上可以答君恩，下以见祖父。吾林氏素代清白，此种污手之钱，决不要一文也。

【作者简介】

　　林则徐，1785～1850 年，福建侯官（今福州）人，字少穆。清嘉庆进士。道光十八年（1838 年）在湖广总督任内，实行禁烟主张，并上疏痛陈鸦片之害。后受命为钦差大臣，赴广东查禁鸦片，在总督邓廷桢协同下，迫使外国烟贩缴出鸦片 237 万多斤在虎门销毁。又积极筹备海防，倡办义勇，多次击退英国挑衅。鸦片战争爆发后，因他严密设防，英军未敢入侵广州。英舰北犯大沽，清廷大起恐慌，投降派诬其糜饷劳师，办理不善，被革去两广总督之职。次年派赴浙江镇海协防。不久充军新疆伊犁，受将军布彦泰之请，兴办水利，垦辟屯田，二十五年召还，次年任陕西巡抚，后又擢云贵总督。林则徐以禁烟抗英而流芳百世，其诗文、书法、家训亦颇值称道。兹从《清代四名人家书》中节录有关家训文字供读者品评。

【注释】

①堪：可以，凑合。

②矢：矢志不渝，意指发誓立志之意。

【译文】

广东的饮食与福建那边的风格比较相似，我还能够适应这里的口味。只是所支出的项目比较繁多巨大，我总是担心会有入不敷出的事情发生。但我曾经发誓要做一个清正廉洁的官员，决不能在自身所得的俸禄之外，去抢夺、掠取民间和下属的一分一毫。上要对得起浩荡的皇恩，下则在死后有脸面去地下面对先祖。我们林家氏族世代清白，这种肮脏的钱财，我就连一文钱都不会要。

要养成良好习惯

林则徐

闻吾儿睡时甚迟,此甚不可。作事须有定时,朝早起而晚早眠。况京官究属清闲,不比外省官吏。一至夕阳在山,已可出部,何必弄至深更大半?又闻吾儿极好宾客。人在外作客,友朋固不可少,然须择人而友。京官中虽多仕流,吾儿所交者,未必尽为匪人,然亦不可不慎。言语亦宜谨慎。鸦片一物,更须屏绝,否则非吾子也。

【译文】

我听说儿子最近总是很晚才入睡,我认为这很不好。做事就一定要在时间上有所安排,早晨就要早起,晚上则需早些入睡。况且在京城内做官相比之下也算是较为清闲的,不像外地的官员总是忙碌。当太阳落山之际,就可以离开府衙准备回家了,有什么必要非要搞到三更半夜呢?我还听说儿子非常喜欢结交朋友,一个人在外居住,朋友固然是不可以不交往的,但交朋友也要谨慎选择。京城里有很多都是做官的人,儿子所结交的朋友,虽然未必都是行为不端之人,但也要小心谨慎。说话要注意分寸,掌握尺度什么该说,什么不该说要心中有数。对于鸦片这个东西,必须不能沾染,一定要远离它,否则你就不算是我林则徐的儿子。

读书贵在为世所用

林则徐

读书贵在用世。徒读死书而全无阅历，亦岂所宜。汝兄阅历深而才学薄，虽折桂探杏，而实学实浅。居京三年，所学者全官场习气，根柢未固，斧斤①已来。故嘱其告假回籍，事亲修学，以为后日实用之资。吾儿读书固不多，而于世道更为茫然，古人游学并重，诚为此也。一俟②大儿回家后，吾儿即可来粤……吾儿来后，更可问业请益，以广智识。慎③勿贪恋家园，不图远大。男儿蓬矢桑弧④，所为何来？而可如妇人女子之缩屋称贞哉！

【注释】

①斧斤：泛指工具、利器。以斧子修削，亦喻指过分雕琢。

②俟：等待，等到。

③慎：谨慎，小心。

④蓬矢桑弧：古时男子出生，以桑木作弓，蓬草为矢，射天地四方，象征男儿应有志于四方。后用作勉励人应有大志之词。

【译文】

读书最重要的地方是要用于为社会做出贡献。如果只是一味地死读书而没有一点生活阅历和见识，那又有什么用处呢。你的哥哥阅历丰富但是在才学方面有所欠缺，虽然也考取了功名，但其胸中的学问并不广博。他在京城居住了三年，所学到的都是官场中的习气，自身的根基没有打好，现在各种麻烦便随之而来了。所以我让他向朝廷请假回家侍奉亲人并加强学业，为今后能够更好地发展奠定牢固的根基。我的儿子固然读书不多，对于世道深浅也一无所知，古人将学业与游历相提并重，实际上就是出于这个原因。等到你哥哥回家以后，你就可以来广东了……你来广东以后，可以多向人请教以增长自己的见识，千万不可以贪图家中的悠闲生活，不去追求更广阔的前途。堂堂七尺男儿生于世上，究竟是为了什么呢？难道可以像妇女一样躲在家里自称贞洁烈女吗！

致诸子书

曾国藩

字谕纪鸿儿：

家中之来营者，多称尔举止大方，余①为少慰。凡人多望子孙大官，余不愿为大官，但愿为读书明理之君子。勤俭自持，习劳习苦，可以处乐，可以处约，此君子也。

余服官二十年，不敢稍染官宦气习，饮食起居，尚守寒素家风；极俭也可，略丰也可，太丰则我不敢也。凡仕宦之家，出俭入奢易，由奢返俭难。尔年尚幼，切不可贪爱奢华，不可惯习懒惰。无论大家小家，士农工商，勤苦俭约，未有不兴；骄奢倦怠，未有不败。

尔读书写字，不可间断。早晨要早起，莫坠高、曾、祖、考以来相传之家风。吾父、吾叔，皆黎明即起，尔之所知之也。

凡富贵功名，皆有命定，半由人力，半由天事，惟学作圣贤，全由自己做主，不与天命相干涉。吾有志学为圣贤，少时欠居敬工夫，至今犹不免偶有戏言、戏动。尔宜举止端庄，言不妄发，则入德之基也。

【作者简介】

　　曾国藩，1811～1872 年，汉族，初名子城，字伯涵，号涤生，宗圣曾子七十世孙。中国近代政治家、战略家、理学家、文学家，湘军的创立者和统帅。与胡林翼并称曾胡，与李鸿章、左宗棠、张之洞并称"晚清四大名臣"。官至两江总督、直隶总督、武英殿大学士，封一等毅勇侯，谥曰文正。咸丰二年底（1853 年初），他以吏部侍郎身份奉旨在家乡湖南创办团练，后在此基础上扩编成为湘军，与太平天国农民运动为敌，为延长满清王朝 60余年的寿命立下了汗马功劳，历任礼、兵、工、刑、吏各部侍郎。对曾国藩的评价，一百多年间，人们从本阶级的政治需要出发，有褒有贬，论旨不一。有人从学术思想进行评价，认为曾氏起家词林，潜心学问，对诗词古文用力甚勤，对程朱理学造诣颇深，因此把他推为"一代儒宗"、"理学名儒"；有人从政治出发进行评价，认为曾氏镇压太平天国农民运动有功，力挽狂澜于既倒，从而誉称他为"中兴名臣"，是"勋德名俭，冠绝百僚"；有人以历史唯物主义为指导，实事求是地对曾氏的一生功过是非做出评价。尽管观点各异，结论不一，但谁都不得不承认曾国藩在教育子女方面获得了较大的成功。用现在的话说，曾纪泽和曾纪鸿是"正牌高干子弟"，然而他们都没有变成"衙内"和大少爷。曾纪泽诗文书画俱佳，又自学通英文，成为清末著名爱国外交家；曾纪鸿不幸早亡，研究古算学也已取得相当可喜的成就。不仅曾国藩的儿子个个成才，曾家的孙辈还出了曾广钧这样才华横溢的诗人，曾孙辈又出了曾约农、曾宝荪这样有影响的教育家和学者。

　　曾国藩家庭教育观对中国近现代官僚士大夫的影响也是很深远的。例如彭玉麟对曾国藩家庭教育观揣摩颇深，效法可谓急切而实际。尤其在教诫子弟勤俭持家，做一个好官方面表现极为突出。李鸿章对于曾国藩家庭教育的思想和方法，除了在为学方面借以教其子弟外，主要集中在立身处世的问题之上。总之，曾国藩家庭教育观不仅在中国近现代教育史上占有较重要的地位，而且在一部分学人士子、官僚政客身上得到了突出的反映。它既来源于中国传统文化，又在新的历史环境和条件下得到了阐发，并赋予了新的内容，取得了实际的效果，从而适合一部分人的心理，视作为教育子弟成才，保持家世经久不衰的一种切实可行的途径。的确，曾国藩家训的最终目的及其基本思想内容，虽然带有他那个阶级的烙印，但其中某些具体的思想内容如戒奢、骄、怠、懒，守勤、俭、廉、朴等，尤其是其方法论，亲切、细微、耐心而富有成效，我们则可以通过剔除其封建性的糟粕，吸收其具有辩证哲理的精华，不能一概加以排斥。

【注释】

①余：我。

【译文】

纪鸿儿：

　　从军营来到家里的人，大多称赞你言行谈吐大方得体，我听后感到很欣慰。很多人都希望子孙做大官以光宗耀祖，我倒是希望你成为一个知书达理的君子。勤勉节俭，刻苦耐劳，能够于平淡的生活中享受安乐，也可以在穷困的境地中约束自己的行为，这才称得上是君子。

　　我做官二十年，从不敢沾染一丝官宦的奢华习气，平日里的生活也尽量保持节俭朴素的习惯。节俭的生活我可以过，稍微宽裕些我也可以，只是不敢过于丰裕。一般做官的人家，总是从俭朴到富裕很容易，但从富裕再回到俭朴的生活就无法适应了。你年纪还轻，切不可贪恋奢华，养成懒惰的习惯。无论世族大家还是贫贱人家，以及士农工商各个行业，能够保持勤劳俭朴的习惯，就一定会兴盛起来，而那些骄傲、懒惰，过着奢侈糜烂生活的人家，是肯定会衰败的。

你读书一定要有恒心和毅力，要保持每日早起，你高祖、祖父、父亲这几代以来形成的良好家风，切不可在你手中衰败。我的父亲和叔父从来都是鸡鸣则起，这一点你是看到的。

世间所有富贵功名，都是上天和命运所注定的，一半在于个人自身的努力，另一半是由老天安排的。只有立志效法圣贤，才能够将命运掌握在自己手里，不受上天的摆布。我立志效法圣贤，但因为在少年时持身谨慎和恭敬方面做得不够好，所以现在还难免会偶有开玩笑的言语和举动。而你应当力求行为端庄，说话谨慎小心，这才是修身养德的最基础之道啊！

不应存当官发财之私念

曾国藩

　　我待温弟似乎近于严刻，然我自问此心，尚觉无愧于兄弟者，盖有说焉。大凡做官的人，往往厚于妻子而薄于兄弟，私肥于一家而刻薄于亲戚族党。予自三十岁以来，即以做官发财为可耻，以官（宦）囊积金遗子孙为可羞可恨，故私心立誓，总不靠做官发财以遗后人。神明鉴临①，予不食言。此时侍奉高堂，每年仅寄些须，以为甘旨②之佐。族戚中之穷者，亦即每年各分少许，以尽吾区区之意。盖即多寄家中，而堂上所食所衣亦不能因而加丰，与其独肥一家，使戚族同怨我而并恨堂上，何如分润戚族，使戚族戴我堂上之德而更加一番钦敬乎？将来若作外官，禄入较丰，自誓除廉俸③之外，不取一钱。廉俸若日多，则周济亲戚族党者日广，断不蓄积银钱为儿子衣食之需。盖儿子若贤，则不靠宦囊④，亦能自觅衣饭；儿子若不肖，则多积一钱，渠将多造一孽，后来淫佚⑤作恶，必且大玷家声。故立定此志，决不肯以做官发财，决不肯留银钱与后人。若禄入较丰，除堂上甘旨之外，尽以周济亲戚族党之穷者。此我之素志也。

　　至于兄弟之际，吾亦惟⑥爱之以德，不欲爱之以姑息。教之以勤俭，劝之以习劳守朴，爱兄弟以德也；丰衣美食，俯仰⑦如意，爱兄弟以姑息也。姑息之爱，使兄弟惰肢体，长骄气，将来丧德亏行。是即我率兄弟以不孝也，吾不敢也。我仕宦十余年，现在京寓所有惟书籍、衣服二者。衣服则当差者必不可少，书籍则我生平嗜好在此，是以二物略多。将来我罢官归家，我夫妇所有之衣服，则与五兄弟拈阄均分。我所办之书籍，则存贮利见斋中，兄弟及后辈皆不得私取一本。除此二者，予断不别存一物以为宦囊，一丝一粟不以自私。此又我待兄弟之素志也。恐温弟不能深谅我之心，故将我终身大计划告与诸弟，惟诸弟体察而深思焉。

【注释】

①鉴临：审察，监视。

②甘旨：美味的食物，指对双亲的奉养。

③廉俸：清代官吏正俸和"养廉银"的合称。郑观应《盛世危言·廉俸》："我朝建官设禄，正俸之外，加以恩俸，常支而外，复给养廉，体恤臣工，无微不至。无如俗尚奢靡，物价腾涌，京、外各官廉俸，入不敷出。"

④宦囊：因做官而得到的财物。

⑤淫佚：纵欲放荡。

⑥惟：单，只。

⑦俯仰：低头和抬头，比喻很短的时间。

【译文】

我对温弟的要求似乎近于苛刻，然而我扪心自问，觉得这样做没有愧对于兄弟，因为这是有其原因的。很多做官的人，总是对自己的妻儿异常厚待却对兄弟异常吝啬，将私利尽数归于家中而对亲戚朋友尖酸刻薄。我自三十岁以来，一直以升官发财为目的的想法视为可耻之事，把自身的官位权势作为积聚财富的手段遗留给子孙后代的行为看作可羞、可恨之事，所以我暗自立下誓言，绝不依靠做官来作为发财之道以将财产留给子孙后人。天地神明可以明察，我绝对不会背弃自己立下的誓言。现在我以俸禄孝敬父母，每年仅寄回去少许，用以为父母双亲作为饮食之外的费用。家族之中穷困的亲戚，每年也会寄回些许以接济其生活，以尽到我对他们的情意。我认为，即便多寄银两给家中，也不会因此而让父母衣食住行变得更加丰厚，与其把所有的银两积聚于一家，让亲戚和家族中的人对我产生怨恨之意，并同时对我的父母感到厌恶和痛恨，何不分出一些给他们作为生活之用，而让他们对我的父母感恩戴德而对我也增加了一番敬佩和仰慕之情更好呢？如果有一天我出任地方官，薪水充裕的时候，我发誓除了薪水和养廉银两之外，绝不会妄自多取一文钱。如果薪水俸禄日益增加，那么我给予亲戚族人的银两也会随之增长，绝不会积蓄钱财只为自己的儿孙添置衣服、地产。我这么做是因为，如果儿子有真才实学，是个有才干的人，那么他也不会依靠我的钱，自身便会有能力供给自己的吃穿，如果儿子没有真才实学，那么我为他多积蓄一文钱，就是为他多造了一份孽，今后若是荒淫懒惰，为非作歹，必然会败坏我家门清誉。所以我坚定地立下誓言，绝不依靠做官来发财，绝不留下多余的钱财给后人独享。在俸禄足以让父母双亲吃些更好的美味之外，全部用来周济亲戚和族人中的穷苦者。这就是我一贯的原则和志向。

　　至于兄弟之间的感情，我会用规劝他们的不良行为作为爱的表现，而不会以姑息和迁就其恶劣的品行作为爱的表达。我会教导他们生活勤俭，劝诫他们保持劳有所获的优良作风，已养成的良好的品德，这才是对兄弟爱的表现。让兄弟们个个享用美食、身穿锦衣，只是短暂的顺心如意罢了，这都是姑息迁就他们的不良行为。把姑息迁就作为爱，让兄弟们变得懒惰，滋长了娇气，将来便会有不良的行为、因此丧失了品德。这样做的话，便是我带领着你们做了不孝之事，我是绝对不敢这样的。我当官已经十年了，现在京城的寓所里，只有书籍和衣服这两样东西。衣服是当官必不可少的，书籍是我平生最爱的东西，所以这两样稍微多一点。将来我辞官回家之后，我和妻子所有的衣服，会和你们四兄弟一起，我们五个人用抓阄的方式来平均分配。我所购置的书籍，则存放在我老家的藏书楼利见斋之中，我们兄弟以及后辈子孙谁也不能私自拿取任何一本。除了这两样东西，我绝不会另外保存任何一件东西作为当官积存下的物品，就算是一条丝线和一粒米也不会私存。这就是我对待兄弟的一贯作风。我担心温弟不能体谅我的一片苦心，所以我现在将自己一生制订的计划告诉大家，希望你们能够体察我的良苦用心并思考其中的意义。

除傲气，戒自满

曾国藩

四位老弟足下：

前次回信内有四弟诗，想已收到。九月家信有送率五诗五首，想已阅过。吾人为学最要虚心。尝见朋友中有美材者，往往恃才傲物，动谓人不知己，见乡墨①则骂乡墨不通，见会墨②即骂会墨不通，既骂房官，又骂主考，未入学者则骂学院。平心而论，己之所为诗文，实亦无胜人之处；不特无胜人之处，而且有不堪对人之处。只为不肯反求诸己，便都见得人家不是，既骂考官，又骂同考而先得者。傲气既长，终不进功，所以潦倒一生而无寸进也。

余平生科名极为顺遂③，惟小考七次始售。然每次不进，未尝敢出一怨言，但深愧自己试场之诗文太丑而已。至今思之，如芒在背。当时之不敢怨言，诸弟问父亲、叔父及朱尧阶便知。盖场屋之中，只有文丑而侥幸者，断无文佳而埋没者，此一定之理也。

三房十四叔非不勤读，只为傲气太胜，自满自足，遂不能有所成。京城之中，亦多有自满之人。识者见之，发一冷笑而已。

又有当名士者，鄙科名为粪土，或好作诗古，或好讲考据，或好谈理学，嚣嚣然自以为压倒一切矣。自识者观之，彼具所造，曾无几何，亦足发一冷笑而已。故吾人用功，力除傲气，力戒自满，毋为人所冷笑，乃有进步也。

诸弟平日皆恂恂^④退让，第累年小试不售，恐因愤激之久，致生骄惰之气，故特作书戒之，务望细思吾言而深省焉。幸甚幸甚。

国藩手草 十月二十一日

【注释】

①乡墨：在明清科举考试的乡试（考上了就是举人）中，把被主考和房官（帮主考评审、选录并推荐试卷的阅卷官）选中而刊印出来给考生示范的八股文文集。

②会墨：类似乡墨，只不过是在全国会试中所选录的考卷。会试的地点在北京，考上了就是进士。

③顺遂：适合，不别扭；遂，顺，如意。

④恂恂：恭谨温顺的样子，恂恂有儒者之风。

【译文】

四位老弟：

上次我的回信中有四弟写的诗，想必你们已经收到了吧。我九月寄出的家信中有送率五的五首诗，想来你们也看过了。我们读书人做学问最需要的是虚心。我曾经见自己的朋友中有才华的人，总是依仗自己有才学便看不起别人，动不动就说某某不如他，见到乡试中的某些文章便说这些文章狗屁不通，见到会试中的文章又说会试的文章不通，既骂了阅卷的考官，也骂了主考官，没有入学的就连学院也骂了。平心而论，实际上这些人自己所作的文章也没有什么过人之处。不但没有多少超过他人的地方，而且还有不少不如别人的地方。这种人总是不懂得反思自己的不足，不知道检讨自身的问题，总是看到别人的不足。既骂考官，又骂与自己一起考试但先取得功名的人。这种傲气长期滋长下去，总是不肯塌下心来努力读书，以致这一生穷困潦倒毫无长进。

我这辈子在科举考试上非常顺利，只是在县试时考了七次才得以中第。每次考试落榜，我都不敢有一丝怨言，只是深深地自责自己在考场中写的诗与文章太差而感到惭愧。知道现在回想起来，还犹如芒刺在背。当时我的确不敢有半句怨言，这些事情你们只要问过父亲、叔父和朱尧阶就知道了。因为在考场中，只有诗文很差却被侥幸录取的，但绝不会有诗文俱佳而被埋没的人，这是天经地义的道理。

三房的十四叔读书并非不勤奋，只是傲气太盛，容易自我满足，所以直到现在一无所成，京城里，骄傲自满的人也很多，那些真正有见识的人看到他们，也只是冷笑一声。也有一些想要当名士的人，他们视功名如粪土，有的喜欢作诗和研究古文，有的喜欢考证古籍，有的喜欢谈论理学经义，这些人趾高气扬地自以为才华胜过很多人，而在真正有见识的人看来，他们的才学造诣也并不是十分了得，却又傲气逼人，只能是博得冷笑一声罢了。所以我们读书求学，一定要戒除自满情绪，以免让别人耻笑，只有这样才能有所进步。

各位弟弟，你们平时都很谦逊谨慎，但这几年多次参加县试都没能得中，我很担心你们会因此心中不平，愤怒在心中压抑、蕴含久了就会滋生骄傲懒惰的不良习气，所以我特地写信告诫你们一定要注意心态，戒除不良情绪的滋长。希望你们认真考虑我的话，从内心深处反省自己，如果你们能够做到这一点，那就是一件非常值得庆幸的事情了。

国藩手草十月二十一日

戒 牢 骚

曾国藩

温弟天分本甲①于诸弟，惟牢骚太多，性情太懒。前在京华不好看书，又不作文，余心即甚忧之。近闻还家以后，亦复牢骚如常，或数月不搦管②为文。吾家之无人继起，诸弟犹可稍宽甚责，温弟则实自弃，不得尽诿③其咎④于命运。吾尝见友朋中牢骚太甚者，其后心多抑塞……盖无故而怨天，则天必不许；无故而尤人，则人必不服。感应之理，自然随之。温弟所处，乃读书人中最顺之境，乃动则怨尤满腹，百不如意，实我之所不解。以后务宜力除此病……凡遇牢骚欲发之时，则反躬自思：吾果有何不足而蓄此不平之气？猛然内省，决然去之。不惟平心谦抑，可以早得科名，亦且养此和气，可以消减病患。

【注释】

①甲：第一，优秀之意。

②搦管：有握笔，执笔为文之意。

③诿：推托，把责任推给别人。

④咎：过失，罪过。

【译文】

在几个弟弟当中，温弟本是天资最聪慧最出色的一个，但是却牢骚满腹，性情懒惰。从前在京城时不努力读书，也不爱做文章，我当时便很是为这点担心，最近听说他回家之后，还是像过去那样满腹牢骚，有时候甚至几个月也不提笔作文。我们家如果没有人一个一个相继做出大的成就，对其他几个弟弟还可以不过分地苛责他们，温弟现在的行为实在是自暴自弃之举，这是不能够推脱给命运的。我曾经见过朋友当中那些爱发牢骚的人，他们因为长期这般以致心情郁闷，无法排解……这都是因为无缘无故地怨天尤人，苍天便不会把好运降临在他身上，无故地埋怨他人，别人知道了也不会信服于他。因果报应的道理，在这里自然会应验的。温弟现今所处的环境，正是读书最佳的时候，然而他却动不动就发牢骚，怨天尤人，心中总是千百个不如意，实在是让我很难理解。以后需改正这个毛病……今后每次想要发牢骚的时候，应该反躬自问：我是否自身有什么问题以致心中无法平静？从内心深处挖掘自身的不足之处，心平气和地谦逊恭顺，不但可以考中功名，也能够始终让自己保持平静祥和的心态去做事，也会因为去除了心魔而减少疾病和灾祸的降临。

男儿须有刚强坚毅之气

曾国藩

沅浦九弟左右:

十二月二十八日接弟二十一日手书,欣悉一切。

临江已复,吉安之克实意中事。克吉之后,弟或带中营围攻抚州,听候江抚调度,或率师随迪安北剿皖省,均无不可。届时再行相机商酌。此事我为其始,弟善其终,补我之阙①,成父之志,是在贤弟竭力而行之,无为遽②怀归志也。

弟书自谓是笃实一路人,吾自信亦笃实人,只为阅历世途,饱更事变,略参些机权作用,把自家学坏了。实则作用万不如人,徒惹人笑,教人怀恨,何益之有?近日忧居猛省,一味向平实处用心,将自家笃实的本质还我真面,复我固有。贤弟此刻在外,亦急需将笃实复还,万不可走入机巧一路,日趋日下也。纵人以巧诈来,我仍以浑含应之,以诚愚应之;久之,则人之意也消。若钩心斗角,相迎相距,则报复无已时耳。

至于强毅之气,决不可无,然强毅与刚愎有别。古语云自胜之谓强。曰强制、曰强恕、曰强为善,皆自胜之义也。如不惯早起,而强之未明即起;不惯庄敬,而强之坐尸立斋;不耐劳苦,而强之与士卒同甘苦，强之勤劳不倦。是即强也。不惯有恒，而强之贞恒，即毅也。舍此而求以客气胜人，是刚愎而已矣。二者相似，而其流相去宵壤③，不可不察，不可不谨。

李云麟气强识高，诚为伟器，微嫌辩论过易，弟可令其即来家，与兄畅叙一切。

兄身体如常。惟中怀郁郁，恒不甚舒畅，夜间多不成寐，拟请刘镜湖三爷来此一为诊视。闻弟到营后体气大好，极慰极慰。

九弟媳近亦平善。元旦至新宅拜年，叔父、六弟亦来新宅。余与澄弟等初二日至白玉堂，初三请本房来新宅。任尊家酬完龙愿三日，因五婶脚痛所许，初四即散。仅至女家及攸宝庵，并未烦动本房。温弟与迪安联姻，大约正月定庚。科四前耍包铣药之纸，微伤其手，现已痊愈。邓先生订十八入馆。葛先生拟十六去接。甲三姻事拟对筱房之季女，现尚未定。三女对罗山次子，则已定矣。刘詹岩先生（绎）得一见否？为我极道歉忱。黄莘翁之家属近况何如？苟有可为力之处，弟为我多方照拂之。渠为劝捐之事怄气不少，吃亏颇多也。母亲之坟，今年当览一善地改葬。惟兄脚力太弱，而地师又无一可信者，难以下手耳。余不一一，顺问近好，诸惟心照。

国藩手具　正月初四夜

再，带勇总以能打仗为第一义。现在久顿坚城之下，无仗可打，亦是闷事。如可移扎水东，当有一二大仗开。第弟营之勇锐气有余，沉毅不足，气浮而不敛，兵家之所忌也，尚祈细察。偶作一对联箴弟云：打仗不慌不忙，先求稳当，次求变化；办事无声无息，既要精到，又要简捷。贤弟若能行此数语，则为阿兄争气多矣。

国藩又行

【注释】

①阙：过错，遗漏。

②遽：急，仓促。

③宵壤：天壤之别之意。

【译文】

沅浦九弟：

我于十二月二十八日接到你二十一日寄来的信件，已经欣然知晓一切。

临安收复后，攻克吉安也是意料之中的事情。攻下吉安之后，你或者带中营围攻抚州，听候江西巡抚的调度，或者率领部队跟随迪安北上到安徽去剿匪，这两个选择都可以。到时候我可以和你一起看事情的发展再行商议定夺。这个事情由我来开头，你来结尾，可以补遗我不妥的地方，完成父亲的志愿，就全靠贤弟你竭尽全力去做了，千万不可因思念故乡而有所纰漏。

贤弟在心中曾说自己是一个老实本分之人，我自问也是如此，只是因为在仕途中看得多了，经受了很多变故，学得了一些必要的计谋权变，让自己的德行有不良的迹象。其实在这方面我还远远比不上那些老谋深算之人，只是惹人笑话，让人怀恨在心，又有什么好处呢？最近在家中烦闷之时突然醒悟到这一点，决定要向平实处努力，希望还能做回老实本分之人，恢复到原来的样子。贤弟你现在统兵在外，也要尽力恢复老实人的本色，万万不可走投机取巧的道路，以免在这条道路上越走越远。就算别人用投机取巧或者奸诈的计谋来算计我，我也仍然用装糊涂的含蓄方法来应对，如此这般看似以诚实愚笨的方法去应付世事，人家对你的提防戒备之心也会改变，如果与他们钩心斗角地针锋相对，那么相互之间循环的报复就没完没了了。

至于刚强坚毅的气度，决不能放弃和改变，但是强毅和刚愎自用是有区别的。古话说得好，只要战胜它你就是强者，强制、强恕、强为善，意思都是强迫自己完成意愿之外的事情。比如不习惯早起，就强制自己鸡鸣则起，不习惯端庄的仪态，就强制自己要坐立有形，不习惯吃苦，就强制自己与士卒们一起同甘共苦，只要孜孜不倦地坚持下去，那就能做到强了。如果不能做到持之以恒，就要强制自己加强恒心，这就是毅力了。抛开这些而只凭气势去处理人和事，那就是刚愎了。这两者虽然表面上有相似之处，但在本质上却是有着天壤之别的，一定要区别对待，切不可麻痹大意。

李云麟器宇不凡，是一个人物，只是在说话上有些许过分之处，贤弟可以让他今日来我家中，我想和他畅谈一番。

我的身体和从前一样，只是心中常常感到烦闷，不是很舒畅，夜晚会偶有失眠，打算请刘镜湖三爷来为我检查一下。听说贤弟到军营后身体和气色都很好，我心中感到很是宽慰。

九弟媳妇近来也很好。元旦那天到新宅去拜年，叔父、六弟也来了新宅。我与澄弟等人初二一起去了白玉堂，初三请本房来新宅。任尊家酬完了三日龙愿，是因为五婶的脚痛病而许下的，初四就散了，只是去了女家和攸宝庵，并没有惊扰本房。温弟与迪安结亲，大约正月定日子。科四前日玩包铳药的纸，稍微烧伤了手，现在已经好了。邓先生预计十八日入馆。葛先生打算十六日去接。甲三打算订娶篠房三女的婚事，还未确定。三女要嫁给罗山的次子，这倒是确定好了。不知你能否见到刘詹岩先生，如果见到他，一定要代我好好地谢谢他。黄莘翁的家属近况怎么样？如果能帮上忙的话，请代我多方照顾他们。因为黄莘翁为劝捐的事怄了不少气，吃了很大的亏。母亲的坟墓，今年一定找一块好地方来改葬。但是我的腿脚也不太利落了，看风水的师傅又没有一个能信任的，所以此事一直没有办妥。我不一一叙述了，顺便向大家表达一下问候，你们心中知道就好了。

国藩手书正月初四夜

另外，带兵都以能打胜仗为首要之重。现在你的军队长期驻扎在城下，没有仗可打，也是令人憋闷的事情。如果能够把军队移驻到水东，那就会有一两次大仗可打。但你营中的兵将锐气有余，沉着不足，心浮气躁，这是兵家最忌讳的事情，希望你仔细地观察审视。我偶作一副对联给你希望能有所帮助：打仗这种事不可以慌张，第一要稳当，之后才可去寻求变化，办事情悄声无息，既要做到面面俱到，又要做到简单快捷。你如果能做到以上这几点，那就算是为哥哥我争气了。

国藩又行

戒长傲多言

曾国藩

　　古来言凶德致败者约有二端：曰长傲，曰多言。丹朱之不肖，曰傲曰嚚讼①，即多言也。历观名公巨卿，多以此二端败家丧生。余生平颇病执拗，德之傲也；不甚多言，而笔下亦略近乎嚚讼。静中默省愆尤②，我之处处获戾③，其源不外此二者。温弟性格略与我相似，而发言尤为尖刻。凡傲之凌物，不必定以言语加人，有以神气凌之者矣，有以面色凌之者矣……凡中心不可有所恃，心有所恃则达于面貌。以门地言，我之物望大减，方且恐为子弟之累；以才识言，近今军中炼出人才颇多，弟等亦无过人之处。皆不可恃。只宜抑然自下，一味言忠信行笃敬，庶几可以遮护旧失、整顿新气。否则，人皆厌薄④之矣。

【注释】

　　①嚚讼：奸诈而好争讼。
　　②愆尤：过失；罪责，功成身不退，自古多愆尤。
　　③戾：罪过，乖张。
　　④厌薄：厌恶鄙视。

【译文】

古时候谈到因德行败坏而导致败亡的大致有两种：一是恃才傲物，二是言多必失。丹朱不好的地方，就是骄傲和奸巧好讼，也就是多言。古往今来的各代有名的公卿大臣，大多是因为这两件事导致败亡乃至丢了性命。我与生俱来就带有很多固执的毛病，这也是品德中傲气的一种，只是我话不多，但下笔行文时多少有些近乎巧诈。静下来的时候我也检讨过自己的过失，我之所以被人怪罪，究其根源也不外乎是这两条。温弟的性格与我有些相似，不过他说话更显得尖酸刻薄。大多数傲气凌人之人，不一定会以恶言相加于人，有以神气凌人的，也有以脸色凌人的……大抵都是心中不能只记着自己的长处，总想着自己的优点，就一定会在神态举止上表现出来。从门第这个角度去看，我的声望大大地降低了，正担心因此会影响到家中的子弟，从个人才学方面看，现今军伍中锻炼出了很多的人才，我们也没有什么长处能够超越人家。这些都不是我们可以依仗作势的地方，只有兢兢业业，放下自身的架子，把忠信笃敬贯彻到一切言行中，才多少能弥补一些旧时的过失，焕发出新的气象。不然，人人都会讨厌和小看我们了。

力克盈满三字要诀：廉、谦、劳

曾国藩

沅、季弟左右：

帐篷即日赶办，大约五月可解六营，六月再解六营，使新勇略得却暑也。抬小枪之药，与大炮之药，此间并无分别，也未制造两种药。以后定每月解药三万斤至弟处，当不致更有缺乏。王可升十四日回省，其老营十六可到。到即派往芜湖，免致南岸空虚。

雪琴与沅弟嫌隙已深，难遽①期其水乳。沅弟所批雪信稿，有是处，亦有未当处。弟谓雪声色俱厉。凡目能见千里，而不能自见其睫，声音笑貌之拒人，每苦于不自见，苦于不自知。雪之厉，雪不自知；沅之声色，恐未始不厉，特不自知耳。曾记咸丰七年冬，余咎骆、文、耆待我之薄，温甫则曰："兄之面色，每予人以难堪。"又记十一年春，树堂深咎张伴山简傲不敬，余则谓树堂面色亦拒人于千里之外。观此二者，则沅弟面色之厉，得毋②似余与树堂之不自觉乎？

余家目下鼎盛之际，余忝窃将相，沅所统近二万人，季所统四五千人，近世似此者曾有几家？沅弟半年以来，七拜君恩，近世似弟者曾有几人？日中则昃③，月盈则亏，吾家亦盈时矣。管子曰：斗斛④满则人概⑤之，人满则天概之。余谓天之概无形，仍假手于人以概之。霍氏盈满，魏相概之，宣帝概之；诸葛恪盈满，孙峻概之，吴主概之。待他人之来概而后悔之，则已晚矣。吾家方丰盈之际，不待天之来概、人之来概。吾与诸弟当设法先自概之。

自概之道云何，说不外清、慎、勤三家而已。吾近将清字改为廉字，慎字改为谦字，勤字改为劳字，尤为明浅，确有可下手之处。沅弟昔年于银钱取与之际不甚斟酌，朋辈之讥议⑥菲薄，其根实在于此。去冬之买犁山嘴、栗子山，余亦大不谓然。以后宜不妄取分毫，不寄银回家，不多赠亲族，此廉字工夫也。谦之存诸中者不可知，其着于外者，约有四端：曰面色，曰言语，曰书函，曰仆从属员。沅弟一次添招六千人，季弟并未禀明，径⑦招三千人，此在他统领所断做不到者，在弟尚能集事，亦算顺手。而弟等每次来信，索取帐篷子药等件，常多讥讽之词、不平之语，在兄处书函如此，则与别处书函更可知已。沅弟之仆从随员颇有气焰，面色言语，与人酬接时，吾未及见，而申夫曾述及往年对渠之词气，至今饮憾。以后宜于此四端痛加克治，此谦字工夫也。每日临睡之时，默数本日劳心者几件，劳力者几件，则知宣勤王事之处无多，更竭诚以图之，此劳字工夫也。

余以名位太隆，常恐祖宗留诒之福自我一人享尽，故将劳、谦、廉三字时时自惕，亦愿两贤弟之用以自惕，且即以自概耳。

湖州于初三日失守，可悯可儆。

五月二十五日

【注释】

①遽：急，仓促。

②毋：不要，不可以。

③昃：倾泻。指太阳从正中开始斜落。

④斛：中国旧量器名，亦是容量单位，一斛本为十斗，后来改为五斗。

⑤概：刮平斗、斛用的小木板。

⑥讥议：讥讽批评，加以非议。

⑦径：直，直截了当。

【译文】

沅、季弟：

帐篷正在加紧置办，大约五月可以运送六个营所需，六月可再运送六个营所需，让新兵能够以此解除酷暑之苦。抬小枪所装的火药和大炮的火药，这里没有什么区别，也没有刻意制造出两种火药。今后准备每个月运送到你那三万斤火药，以后应该就不会再发生短缺的事情了。王可升十四日回即可回省，他的老营十六日就能到达。他一到你即可派他去驻扎芜湖，以免使南岸空虚。

雪琴与沅弟的隔阂现在已经很深了，难以在短时间内化解开来。沅弟在批改雪琴信稿的时候，有对的地方，但也有其不恰当的地方。贤弟说雪琴话语、言行总是声色俱厉。眼睛就算可以看到千里之外，但却无法看到自己的眼睫毛，话语表情流露出拒人于千里之外的样子，而他自己却恰恰难以看得到，难以知晓。雪琴的表情和善还是严厉，他自己并不清楚，沅弟说话方面是否刻薄，恐怕也有其欠妥之处，只不过他们自己都看不到自己之短罢了。还记得咸丰七年的冬天，我埋怨骆、文、耆对我总是刻薄寡恩。温弟则说："兄长待人时的脸色总是让人难堪。"又记得十一年的春天，树堂埋怨张伴山傲慢不够恭敬，我则说树堂的面色表情也是给人以拒之千里之外的感觉。从这两件事上看起来，那么沅弟严厉的表情，岂不是与我和树堂的不知自己表情一样一般无异吗？

我家现今正处于鼎盛时期，我惭愧地居于将相之位。沅弟统领的军队也接近两万人，季弟统领的也有四千到五千人，在近世能有如此家世的又有几个呢？沅弟在这短短半年的时间里，七次受到皇上的赏赐，近世像你这样的人又有几个呢？太阳到了正午时分便开始向西斜落，月亮过了最圆的时候便要开始变得残缺了。现在我家也正处于这种鼎盛的势头之中。管子说：装米的斗斛满的时候，就会有人去将他刮平，人自满到了一定限度的时候，天就会去将他抹平。我看上天去做这件事的时候总是无形的，还是要假借人去做。霍氏盈满了，由魏相去将他抹平，然后由宣帝再去抹平；诸葛恪盈满了，由孙峻刮平，继而由吴主刮平。等到让别人来将自己抹平、去除才知道后悔，那时候已经太晚了！我家正处于鼎盛之际，切不可等到天来抹平我们，也不能等待他人来做这件事，我等兄弟应该自己设法先让自己将自己抹平。

自己又该如何令自己的行为妥当呢？不过是遵循清、谨、勤三个字罢了，我近来将清字改为了谦字，把勤字改为劳字，就更为清楚且浅显易懂了，也的确有地方是需要改进的。沅弟过去对于银钱的收入与支出往往不太慎重。朋友们之所以讥笑和轻视你，原因就在于此。去年冬天买犁山嘴、栗子山，我也没有意识到，今后切不可乱取分毫，不可随意寄钱回家，不多送亲戚，这就是廉字的意义。谦字在人内心之中，而别人是不会知道的，但表现在外在方面的，大约有四个方面：一是面色，一是言语，一是书函，一是随从属员。沅弟一次招兵六千人，季弟尚未禀明情况，就自己招了三千人。若是其他将领是断断做不到的。而这些在贤弟们就不是什么难事，也就是举手之劳，而弟弟每次来信，索取帐篷、火药等东西，经常有讥讽、不敬的话语，给我写信尚且如此，给别人写信更是可想而知了。沅弟的随从属员，气焰嚣张，脸色言语，与人应酬接触时，我没有看见，而申夫曾经说起过，往年对他的语气至今使人感到遗憾！以后你们应该在这四个方面痛加改正，这就是谦字意义了。每天临睡时，躺在床上回忆一下当日所做的事，劳心的有几件，劳力的有几件，然后便会知道自己辛勤做事的地方其实并不多，更加要竭诚全力去做，这就是劳字的意义了。

我因名声太大，地位太高，常常担心祖宗留给我们的福分被我一个人享受殆尽，所以时时用劳、谦、廉三个字自勉，也愿两位弟弟用以自勉，自己刮平自己。

湖州在初三日失守，深感痛惜，一定要引以为戒啊！

五月二十五日

勤奋以图自立

曾国藩

　　长傲、多言二弊，历观前世卿大夫兴衰及近日官场所以致祸福之由，未尝不视此二者为枢机①，故愿与诸弟共相鉴诫②。第能惩此二者，而不能勤奋以图自立，则仍无以兴家而立业。故又在乎振刷精神，力求有恒，以改我之旧辙而振家之丕基③。

【注释】

　　①枢机：枢与机。比喻事物的关键部分。

　　②鉴诫：鉴，镜子。诫，警告，劝人警惕。

　　③丕基：巨大的基业。

【译文】

　　滋长傲气和妄言这两个弊病，遍观历代公卿大夫兴旺衰败及近世官场所以招致祸福的根本缘由，无不以这两种情况为关键。所以我希望各位弟弟对此要引以为戒。即使戒除这两个毛病，如果不能勤勉奋发以自立有所成就，那么，还是没有办法使家业兴旺。所以要振奋精神，努力做到持之以恒，以革除和改正我过去的毛病，奠定一家的基业。

位高名重宜稳妥处世

曾国藩

二十五日接弟二十日信，商参郭军门之事。十九日之寄谕①已言郭松林受伤甚重，曾某恐不能当此重咎②云云。吾意即弟所发之折，不知系谭公所发。其中有请恤数员，是否即子美之部将？初六日之战，弟于正月再奏参究③，似嫌稍迟。最轻则拔去花翎，革去勇号，稍重则褫去黄马褂，再重则请以总兵副将降补。一开提督实缺，即与革职无异，是最重矣。或重或轻，听弟斟酌，但不可请交部议处，恐轻则全无分晓，重则革职也。弟此后必须加意选将练兵。参郭之应轻应重，但求有益于将来之军事，轻而无益犹可为之，重而无益不可为也。

本日阅邸抄④，胡、张革职留任，四年无过，方准开复。胡不准在军机大臣上学习行走，计顺斋处分亦必不甚轻松。吾兄弟位太高，名太重，必须军务办得结实，乃不为见仇者所快。余虽决计不作星使、江督两席，然到徐州后必认真讲求操练马队。弟请处分，亦不过言调度无方交部议处而已。而当兹挫衄⑤之后，正宜力戒自是，专求破捻之法。思之思之，鬼神通之，弟其勉之。顺问近好。

【注释】

①谕：告诉，使人知道（一般用于上对下）。

②咎：过失，罪过。

③参究：弹劾查究。

④邸抄：亦作"邸钞"，即邸报，并有"朝报""条报""杂报"之称，四者皆用"报"字，是用于通报的一种公告性新闻，是专门用于朝廷传知朝政的文书和政治情报的新闻文抄。

⑤挫衄：挫折，失败。

【译文】

　　我在二十五日收到你二十日来信，商量弹劾郭军门的事。十九日的寄谕已说郭松林身受重伤，曾某我恐怕不能担当如此重任等。起初我以为这是你上的折子，不知道是谭公上奏的。其中有请奖励和抚恤的将士，是否就是子美的部将呢？初六日的战事，你正月才上疏参奏，似乎迟了一点吧。对于他的处分，最轻也是拔去顶戴花翎，革去勇号，稍重一点就是褫去黄马褂，再重点就是让他以总兵副将降补。一旦免除提督职务，就与革职没什么两样，这是最重的了。该重该轻，全由贤弟斟酌定夺，但不可请交部议处，因为一旦那样做，轻则会毫无处罚，重则会革去官职。贤弟此后必须认真选将练兵。弹劾郭松林处罚的轻重事情，希望对于将来的军事能有好处，轻而无益还可行，重而无益就绝对不可行。

　　今日我看邸抄，得知胡、张革职留任，四年期间没有任何过错，才准许恢复原职。胡还不许在军机大臣上学习行走。估计对顺斋的处分也必定不会很轻。我们兄弟位高名重，必须把军务办好，才不能让仇恨我们的人痛快。我虽然决定不做钦差大臣、江南总督了，但我到徐州后还会认真操练马队。你请求朝廷处分，也不过是说自己调度无方交到部议处而已。而正处于战败受挫的时候，贤弟应该去掉自以为是的毛病，专心谋求破捻的办法。仔细思虑，鬼神相助，你应该自己勉励自己。顺问近好。

总以波平浪静处安身，莫从掀天揭地处着想

曾国藩

日内有战事否？留霆军剿任、赖一股，昨已附片具奏，另咨①弟案。嗣②后奏事，宜请人细阅熟商，不可一意孤行是己非人为嘱。

弟克复两省，勋业断难磨灭，根基极为深固。但患不能达，不患不能立；但患不稳适，不患不峥嵘③。此后总以波平浪静处安身，莫从掀天揭地处着想。吾亦不甘为庸庸者，近来阅历万变，一味向平实处用功。非委靡也，位太高，名太重，不如是，皆危道也。

【注释】

①咨：商议，询问。
②嗣：接续，继承。
③峥嵘：形容山的高峻突兀或建筑物的高大耸立。也指高峻的山峰。文中之意指不平凡，不平常。

【译文】

不知你方近日可有什么军事行动？决定让霆军围剿在任、赖

的这一股敌人，我昨天已写好公文准备上奏，另外也告知贤弟一声。你今后奏请事宜的时候，一定要让人仔细阅读奏表，对于内容要认真商讨、考虑清楚，千万不可一意孤行，把功劳都揽在自己身上而去说别人不好。

你率军收复了两个省，这样的功绩断然不会被磨灭，打下的根基已经很深厚牢固了。你只需担心不能通达，不必担心无法自立；只需担心不能平稳安适，不必担心不能超凡傲立。今后是一定会在风平浪静的环境下生活的，不要总想着掀天揭地的战争生涯。我当然也不甘心成为一个碌碌无为的平庸之人，但近些年来我看尽了很多世事变迁，觉得一心向平实处用功才是最好的。这并不是我意志消沉了，只是因为位太高了，名太重了，如果不这样做，将会有很大的危机发生。

教子弟不离八本三致祥

曾国藩

　　吾教子弟不离八本、三致祥。八者曰：读古书以训诂①为本，作诗文以声调②为本，养亲以得欢心为本，养生以少恼怒为本，立身以不妄语为本，治家以不晏起③为本，居官以不要钱为本，行军以不扰民为本。三者曰：孝致祥，勤致祥，恕致祥。

【注释】

　　①训诂：解释古代汉语典籍中的字句。就是解释的意思，具体指解释古代汉语（文言文）中字词的意义。

　　②声调：声调就是声音的高低升降的变化，声调又叫字调。声调具有区别意义的作用。

　　③晏起：很晚才起床。

【译文】

　　我教育子弟们不要离开八个基本点、三个可致吉祥的方法。八个基本点是：阅读古书要以清楚明白地知道其意义为根本，作诗、文要以懂得抑扬顿挫为根本，奉养双亲要让老人开心为根本，保养身体要以少生烦恼怒气为根本，做人处世要以不妄言为根本，治理家务以不辞辛苦为根本，做官治政以不贪财为根本，行军治兵以不骚扰民众为根本。三个可致吉祥的方法是：孝顺能带来吉祥，勤俭能带来吉祥，宽恕仁爱能带来吉祥。

再进再困，再熬再奋

曾国藩

为学四字勖①儿辈：一曰看生书宜求速，不多阅则太陋；一曰温旧书宜求熟，不背诵则易忘；一曰习字宜有恒，不善写则如身之无衣，山之无木；一曰作文宜苦思，不善作则如人之哑不能言，马之跛不能行。四者缺一不可。盖阅历一生，而深知之深悔之者，今亦望家中诸侄力行之。

……

读书之法，看、读、写、作，四者每日不可缺一……譬之兵家战争，看书则攻城略地，开拓土宇者也；读书则深沟坚垒，得地能守者也……至于写字，真行篆隶，尔颇好之，切不可间断一日；既要求好，又要求快……至于作诸文，亦宜在二三十岁立定规模；过三十后，则长进极难……少年不可怕丑，须有狂者进取之趣。过时不试为之，则后此弥②，不肯为矣。

……

临帖宜徐③，摹帖宜疾④，专学其开张处。数月之后，手愈拙，字愈丑，意兴愈低，所谓"困"也。困时切莫间断，熬过此关，便可少进。再进再困，再熬再奋，自有亨通精进之日。不特习字，凡事皆有极困极难之时，打得通的，便是好汉。

【注释】

①勖：古同勉励。

②弥：弥补、尝试。

③徐：缓慢，慢慢地。

④疾：快速地，迅速。

【译文】

我以读书最为重要的四点来勉励儿辈：一是看初次接触的书最好快速阅读，因为不多阅读些书就会显得浅薄；一是温习旧书要求熟读，不背诵就容易忘记；一是练习写字要有恒心，因为字如果写不好就如同身上没有衣服，山上没有种树木；一是做文章应该仔细斟酌词句，不善于写作的人就像哑巴说不了话，像骏马腿有病不能奔跑。这四点缺一不可。这也是我经历一生才深深懂得的道理，也因没有做好而深为后悔的事情，现今希望家中各位侄儿努力贯彻实行。

……

读书学习的方法，看书、读书、写字、作文，这四种训练方法不能缺少任何一项……好比军事家智慧战斗，看书就如同攻城夺地，扩大自己的领土疆域；"读书"就好比挖沟修垒，让夺得的疆土能坚守住……至于写字，正楷、行书、小篆、隶体，你本来就很爱好，现在练习切不能有一天间断；同时既要写得好，又要写得快……至于写诗作文，也应在二三十岁时立定规模、形成风格；而过了三十岁后，要有长进极其困难……青少年时期不能胆小怕羞，必须有狂妄之徒的那种闯荡进取的志趣。错过了这个时期，不抓紧去尝试，到了以后就更不愿意去做了。

······

临帖写字应当缓慢，摹帖写字应当快速，专门学习它的间架结构。数月以后，手会感到越来越笨拙，字看起来也越来越丑，这时你的意志、兴趣也越来越低，这就是所谓的"困惑"。困惑时切不要间断，熬过了这一关，就可以稍有进步。再进步还会再出现困惑，再坚强地熬过去，就会再一次地进步，这样自然有通达精进的一天。以此类推，不只是习字这样，凡事都有极其困难的时候，能够克服过去、取得奋进的人，就是英雄好汉。

居家之道，惟崇俭可以长久

曾国藩

居家之道，惟①崇俭可以长久，处乱世尤以戒奢侈为要义。衣服不可多制，尤不宜大镶大缘，过于绚烂。尔教导诸妹，敬听父训，自有可久之理。

……

凡世家子弟，衣食起居无一不与寒士相同，庶②可以成大器。若沾染富贵气习，则难望有成。吾忝为将相，而所有衣服不值三百金。愿尔等常守此俭朴之风，亦惜福之道也。

【注释】

①惟：只有、唯一。

②庶：平民，百姓。

【译文】

居家过日子的道理，只有崇尚节俭才可以维持长久，处在乱世之中尤其要以戒除奢侈为重要的道义。衣服不可多做，尤其不应大肆镶花嵌边，显得过于光彩夺目。你要教导各位妹妹，恭敬地听从父亲的家训，这样自然可以有维持家族长久兴旺的道理。

……

凡是世家子弟，他们的衣食起居全部都和贫寒之人相同，便可以成为可造之才。倘若沾染富贵奢侈的习气，就难以指望他们能有成就了。我愧居高位、出任将相，但所有的衣服还不值三百金。希望你们经常坚守这样俭朴的作风，这也是珍惜幸福的方法。

致孝威、孝宽

左宗棠

　　孝威孝宽知之。我于二十八日开船，是夜泊三汊矶，廿九日泊湘阴县城外，三十日即过湖抵岳洲。南风甚正，舟行顺速，可毋念也。我此次北行，非其素志①。尔等虽小，当亦略知一二。世局如何，家事如何，均不必为尔等言之。惟刻难忘者，尔等近年读书无甚进境，气质毫未变化；恐日复一日，将求为寻常子弟不可得，空负我一片期望之心耳。夜间思及，辄②不成眠。今复为尔等言之（尔等领受与否，则我不能强之，然固不能已于言也）。读书要目到、口到、心到。尔读书不看清字画偏旁，不辨明句读，不记清头尾，是目不到也。喉、舌、唇、牙、齿五音，并不清晰伶俐，朦胧含糊，听不明白，或多几字，或少几字，只图混过，就是口不到也。经传精义奥旨，初学固不能通，至于大略粗解，原易明白。稍肯用心体会，一字求一字下落，一句求一句道理，一事求一事原委；虚字审其神气，实字测其义理，自然渐有所悟。一时思索不得，即请先生解说，一时尚未融渐，即将上下文或别章别部义理相近者反复推寻③，务期了然于心，了然于口，始可放手。总要将此心运在字里行间，时复思绎，乃为心到。今尔读书，总是混过日子，身在案前，耳目不知用到何处。心中胡思乱想，全无收敛归著之时，悠悠忽忽，日复一日，好似读书是答应人家功夫，是欺哄人家，掩饰人家耳目的勾当。昨日所不知不能者，今日仍是不知不能，其去年所不知不能，今年仍是不知不能。孝威今年十五，孝宽今年十四，转眼就长大成人矣。从前所知所能者，究竟能比乡村子弟之佳者否？试自忖之。读书做人，先要立志。想古来圣贤豪杰是我这般年纪时，是何气象？是何学问？是何才干？我现在有哪一件可以比他？想父母命我读书，延师训课，是何志愿？是何意思？我哪一件可以对父母？看同时一辈人，父母常背后夸赞者，是何好样？斥詈^④者，是何坏样？好样要学，坏样断不可学，心中要想个明白，立定主意，念念要学好，事事要学好，自己坏样一概猛省猛改，断不许少有回护，不可因循苟且。务期与古时圣贤豪杰少小时志气一般，方可慰父母之心，免被他人耻笑。志患不立，尤患不坚。偶然听一段好话，听一件好事，亦知歆动^⑤羡慕，当时亦说我要与他一样。不过几日几时，此念就不知如何销歇去了。此是尔志不坚，还由不能立志之故。如果一心向上，有何事业不能做成？陶桓公有云："大禹惜寸阴，吾辈当惜分阴。"古人用心之勤如此。韩文公云："业精于勤而荒于嬉。"凡事皆然，不仅读书，而读书更要勤苦，何也？百工技艺、医学、农学均是一件事，道理尚易通晓；至吾儒读书，天地民物莫非己任，宇宙古今事理均须融澈于心。然后施为有本。人生读书之日最是难得。尔等有成与否就在此数年上见分晓。若仍如从前悠忽过日，再数年依然故我，还能冒读书名色充读书人否？思之，思之！孝威气质轻浮，心思不能沉下，年逾成童而童心未化，视听言动无非一种轻扬浮躁之气。屡经谕责，毫不知改。孝宽气质昏惰，外蠢内傲，又贪嬉戏，毫无一点好处。开卷便昏昏欲睡，全不提醒振作。一至偷闲玩耍，便觉分外精神。年已十四而诗文不知何物，字画又丑劣不堪。见人好处，不知自愧，真不知将来作何等人物！我在家时常训督，未见惨改©。我今出门，想起尔等顽钝不成材料光景，心中片刻不能放下。尔等如有人心，想尔父此段苦心，亦知自愧自恨，求痛改前非以慰我否？亲朋中子弟佳者颇少，我不在家，尔等在塾读书，不必应酬交接。外受傅训，入奉母仪可也。读书用功，最要专一无间断。今年以我北行之故，亲朋子侄来家送我，先生又以送考耽误功课，闻二月初三、四始能上馆。所谓一年之计在于春者又去月余矣！若夏秋有科考，则忙忙碌碌又过一年，如何是好？今特谕尔：自二月初一日起，将每日功课，各写一小本寄京一次，便我查阅。如先生是日未在馆，亦即注明，使我知之。屋前街道，屋后菜园，不准擅出行走。如奉母命出外，亦须速出速归。"出必告，反必面。"断不可任意往来。同学之友如果诚实发愤，无妄言妄动，固宜为同类。倘或不然，则同斋割席，勿与亲昵为要。家中书籍，勿轻易借人，恐有损失。如必须借看者，每借去则粘一条于书架，注明某日某人借去某书，以便随时取回。

【作者简介】

左宗棠，1812～1885 年，字季高，湖南湘阴人。举人出身，累官浙江巡抚、闽浙总督、陕甘总督、军机大臣，晋大学士，封一等恪靖伯，晋二等侯，谥文襄。

左宗棠早年深受陶澍、林则徐等人经世致用思想的影响，屡考进士不中后，遂绝意科场。曾办教育，默默无闻，专心过着偏处山村的"湘上农人"的生活，直至不惑之年入曾国藩幕府，以军功而跻身官场，深得清政府褒奖，以致当时流传说："天下不可一日无湖南，湖南不可一日无左宗棠。"的确，左宗棠名重一时，是晚清政局中一位显赫于世的人物。这不仅因为他参与并独当一面镇压过太平军、捻军和回民起义军，为延长满清王朝六十余年的寿命立下了汗马功劳，而且更重要的是有两件事情与其紧密相关。一件事情是他作为洋务运动中的重要人物。于1862年创办了中国第一个造船舰的马尾船政局，1880年创建了中国首用机器生产羊毛纺织品的兰州织呢局。左宗棠与李鸿章等人不一样的是，他在开展洋务运动的过程中，大力提倡和支持民间开办新式企业，抵制外国资本主义列强的经济侵略，保护民族工业的独立性。其主要措施是在聘用洋人中，只可"请教"不可"请官"，也就是说洋人可以参与管理，但不能掌握控制权，他还重视培养本国人才，主张自力更生，"用他国开挖之机，兴中国永远之利"。总之，"师夷"、"容夷"乃是为了"制夷"，虽用洋人而不为洋人所利用。另外一件事情就是力主抗击沙俄，毅然率军收复新疆。

左宗棠对子女的督教既严格且亲切。他一生写下了一百多封家书，内容大多集中在对子女如何处世为人、治事做官等方面。兹特节录一部分加以编译评析，以供读者批判地吸取其中有用的东西。

【注释】

①素志：向来怀有的志愿，本身既有的志向。

②辄：总是，就。

③推寻：切脉指法。切脉时移动指位，左右寻找。意指推敲思索。

④詈：骂，责骂。

⑤歆动：震动，感触，有所触动。

⑥悛改：悔改。《后汉书·儒林传上·孔僖》："假使所非实是，则固应悛改。"

【译文】

告知孝威、孝宽：我于二十八日坐船离开家乡，当晚停歇在三汊矶，二十九日停泊于湘阴县城外，三十日就渡过了洞庭湖抵达岳阳城。一路上趁着和顺的南风，船行得轻快畅达，你们无须挂念！我这次去北方，本不是原来的初衷意愿。虽然说你们年纪还很幼小，也应该对此事略知一二。当今的局势如何，家事怎样，我现在也没什么必要过多的和你们解释。令我时刻挂心的是这几年以来，你们读书毫无长进，在气质上还是原来那般，没有丝毫变化。我担心这样一天天地过下去，即使到时候我退而求其次，要求你们做个普通的子弟也未必能如愿了，如果真的如此，你们真的是辜负了一片期许之情啊！每当夜深人静之时我想起你们，都无法安然入睡。而今就再一次为你们提起此事。（至于你们能不能听得进去，我就无法强求了，但是作为你们的父亲我却不能不说。）

读书要眼到、口到、心到。你们读书时，往往不能看清楚字的笔画偏旁，不能理解句子所说的含义，不能记住开头和结尾，这些都是眼未到的结果啊！喉、舌、唇、牙、齿五音，发得都不清晰伶俐，而是朦胧含糊，让人听不明白，有时读起来加了几个字，有时减了几个字，只图混过去就算完事，这都是口不到造成的啊！古代经传的精深的道理，初学时，固然弄不清楚，但至于大略粗略的意思，还是可以明白一二的。只要肯下功夫用心体会，一字一字地了解清楚，一句一句地明白其所说的道理，一事一事地搞清原委。对于虚字要详审它的语气，实字要揣度它的意义，这样，自然地会逐渐有所领悟。一篇文章如果经过思考还是未能明白的，就去向老师求教；一时无法整理通顺的，就依照上下文义或别的章节，别部意思相近的词来反复推究。一定要达到心里明白，嘴里能表达清楚，才可放下。要把心思放在书本的每个字里行间之中，时常反复地思索、探寻，这就是心到了。而你们读书，总是在混日子，人虽然坐在桌子前，眼睛、耳朵却不知用到什么地方去了，心里总是胡思乱想着书本以外的事情，总是做不到收敛心神。整日里神志恍惚，一天又一天的都是如此，就好像读书是为别人所读，做的都是些哄骗别人，掩人耳目的勾当。昨天自己不懂不会的，今天仍然是不懂不会；那些去年不懂不会的，今年仍然是不懂不会。孝威今年十五岁，孝宽今年十四岁，转眼间你们都长大成人了。以前你们所懂所会的，究竟能不能比得过乡村那些学得好的子弟？希望你们心中仔细思量一番。

读书做人，首先要立下志向。那些古代的圣贤豪杰像你们这般年纪时，是什么样的气象？有什么样的学问？有多么大的才干？你们现在又有哪一件事情做的可以和他们相比较呢？想一想父母亲令自己读书，请老师教课，是什么样的心愿？是什么意思？我自己哪一件事能对得起父母？看一看和自己一个辈分的同龄人，父母亲常常背后夸称赞许的，都是什么样的人？责骂的，又是什么样的人？好的榜样，就要向他们学习；坏的榜样，绝对不可以学习。自己心中要想个明白，有个主意，时刻要学好榜样，事事要学好榜样，对自己的坏毛病，要迅速地有所醒悟并积极改正，绝对不可有丝毫的袒护，不可因循苟且，务必与古代的圣贤豪杰们小时的志气一样，这样才可以安慰父母之心，并避免被他人耻笑。虽然说怕没有确立志向，但也怕志向确立得不够坚决和持久，偶然间听了一段好话，听了一件好事，也知道动情羡慕，当时也说我要和他一样。没过几天，这种念头又不知为什么消失得无影无踪了。这就是你立志不坚，也由于你不能立志的缘故啊！如果你下定决心一心向上，有什么事情不能做成呢？晋代的陶侃曾经说过："大禹珍惜每一寸光阴，我们这些人就要珍惜每一分光阴。"这就是古人辛勤用心的榜样。唐代的韩愈也曾经说过："每一个行业做到精细都是因为辛勤地付出过，而不把这个行业当回事，整日里嬉闹玩耍就会荒废学业。"各种事情都是如此。而读书更要刻苦。为什么呢？百工技艺、医学、农学在道理上都是一样，道理尚且容易弄明白。至今我们儒生读书，天文、地理、民情、物态都是我们应当知晓的，对宇宙、古今这些自然和社会方面的事理我们也都必须通贯于心，然后才能把学到的东西用在有用的地方。人生能安心读书的日子最是难得，你们兄弟以后是否能有所成就，全在这几年中见分晓。如果仍然像从前那样虚耗光阴混日子，再过几年还是原来的老样子，那还能不能假冒读书人的名气充一个读书人呢？想想吧，好好想一想吧！孝威的言行举止浮躁，心思往往静不下来。已经超过了孩子的年龄，但却童心未变，所视、所听、所言、所动无不表现出一种轻扬浮躁的样子。虽经屡次教育斥责，却毫不知道改过。孝宽则是糊涂且懒惰，表面上看有点傻气而骨子里却有一种傲气，总是贪玩，这对你来说毫无一点好处。打开书本便昏昏欲睡，全然不能振作精神。但是一旦偷空玩起来，便觉格外精神。年纪已经十四岁了却还不知道诗文是什么东西，写的字、画的画又都丑劣得不像个样子。看见别人的长处，不自感惭愧，真不晓得你将来打算做一个什么样的人！我在家的时候，时常教训督促你，却不见你有所悔过。我如今出门在外，想起你们顽劣愚蠢不能成才的样子，心里一刻也不能安宁。你们如果还有一丝良心，想到为父的这段苦心，也该知道自感惭愧，寻求痛改前非来安慰我吧？亲戚朋友中关系好的很少，我不在家，你们都在私塾读书，不必接待应酬，在外要接受老师的教育，在家受母亲的教育就可以了。读书用功，最要紧的是用心专一且持之以恒。今年因为我北行的原因，亲朋子侄都来家里为我送行，你们的老师又因为送考而耽误了你们的功课，听说他二月初三四才能到学馆上课。人们常说一年之计在于春，而今年春天就这样又已除去了一月多光景了。假如夏秋之间又有科举考试，那么忙忙碌碌的这一年又要完了，这该如何是好？今天告诉你们：从二月初一起，你们应将每天的功课，按月各写一个本子寄到京城一次，以便我查阅。如果老师哪一天不在学馆，也应注明，让我知道。房前街道，屋后菜园，不准擅自外出行走。如遵奉母亲之命外出，也必须速出速回。"出门必须告之，返回必须露面启禀。"断然不可随着自己性子往来。同学朋友如果是诚实发奋图强的，不胡说乱动的，这样的人可以当作为朋友与之相处。假若不是这样的人，虽则同窗读书也应如同汉代管宁与华歆割席那样，与之绝交，千万不要与这种人接近。咱们家里的书籍，也不要轻易借给别人，以防有所损失。如果必须借给别人看的话，每次借书以后便在书架上粘个纸条子，在上面注明某天某人借去某书，以便随时取回。

与 诸 弟

刘 蓉

　　……吾迩①年在家见弟辈读书悠忽②，心窃非之而隐忍优容③不能痛加督责，或启口未半而又中止。由今思之，深以为悔。安有兄弟终身成败所系而瞻徇④颜面，缄口⑤畏言，岂不视同路人耶？此吾往日姑息之过……此皆怀世俗之私心而相待之薄者也。每观弟辈议论，志趣不肯居人下，则固与世人庸庸者异矣。若因此折节读书，锐志前进，虽驾古人而上之不为过分……今弟辈徒有翘然好胜之心而不揣所能，此吾所以预忧其无成也……每日功课如温经书，务期精熟，看讲经书切宜细心体会。而诗文月课，按会拟作，亦断不可旷阙⑥。

【作者简介】

　　刘蓉，1816～1873 年，字孟蓉，号霞仙，湖南湘乡人。太平天国农民起义爆发后，助罗泽南办团练。清咸丰四年（1854 年）随曾国藩与太平军转战江西。十年（1860 年）骆秉璋督师四川，被聘为参赞军事。次年署四川布政使，同治元年（1862 年）实授。二年（1863 年）调任陕西巡抚，五年乔松年替任陕西巡抚，刘留陕办理军务，与乔意见不合，所部惨败于灞桥，被革职回籍。著有《养晦堂诗文集》14 卷及《思辨录疑义》等。

【注释】

①迩：近来。

②悠忽：闲散放荡。

③优容：宽容，宽待。

④瞻徇：徇顾私情。

⑤缄口：闭口，沉默。

⑥旷阙：耽误。

【译文】

……我近年在家里看到弟弟们读书悠闲懒散，心里暗暗感到不妥，但隐忍不能对你们痛切加以督促训导，或者动口还没有说到一半就没有继续说下去。如今回想起来，深深感到后悔。哪里有事关兄弟终身成败的问题而看人脸色、闭口不敢说话，岂不把至亲兄弟看作为陌路人吗？这是我从前对你们姑息迁就之过错……这都是因有了世俗的自私心理而导致对兄弟不负责任。往常我观察弟弟的言谈所及，其志趣不肯甘居别人之下，这固然是你们与世上那些平庸无能的人不同。如因此改变平日的志节行为发愤读书，锐志前进，即使凌驾、超过古人也是应该做得到的……现今弟弟们徒有自高自大、好胜不屈之心，却不估量自己的能力究竟有多大，这是我之所以预先忧虑你们不会有多大成就的缘故……从此之后，每天的功课如温习经书，务必做到非常熟练，阅读和听讲经书很有必要细心体会其意义所在。而在诗文方面，应当按时模拟写作，千万不可耽误。

为学宜有愚公移山志

彭玉麟

读书当如刺绣，细针密缕①处，方见工巧。若一编在手，随意乱翻几页，抄摘几章，则此书之大局精处茫然不知也。走马看花，骚雅②不取，即此意也。为学又不可求速效，能困心横虑③，便有郁积思通之象。愚公移山，非讥其愚，直喻其智。是以聪明多自误，庸鲁反有为耳。徐穆堂、王心庐两君虽少晋接④，闻名已久，大约为尔之师尚不辱没，盖两君不徒博雅能文，其淳实宏通，已非弟能窥其堂奥者矣。宜常存敬畏之心，不可甘自暴弃，慢亵尊长，于师道上尽一分，便是一分学；尽十分，便是十分学。日课不可间断，遵照定例以限制之，亦复得益。师课之严便是进功之阶，因循苟且⑤，非愿闻也。

【作者简介】

彭玉麟，1816～1890 年，字雪琴，湖南衡阳人，号退省庵主人、吟香外史，祖籍衡永郴桂道衡州府衡阳县（今衡阳市衡阳县渣江），生于安徽省安庆府（今安庆市内）。清朝著名政治家、军事家、书画家，人称雪帅。与曾国藩、左宗棠并称大清三杰，与曾国藩、左宗棠、胡林翼并称中兴四大名臣，湘军水师创建者、中国近代海军奠基人。官至两江总督兼南洋通商大臣，兵部尚书，封一等轻车都尉。初参与镇压湖南新宁李沅发起义。咸丰三年，从曾国藩创办湘军水师，为人耿直，刚正不阿，淡泊名利，有"彭青天"之美名。在治家方面亦极严格，其子违犯军令被处斩，不徇私情。

【注释】

①细针密缕：针线细密。比喻工作细致或处理事情周到。

②骚雅：《离骚》与《诗经》中《大雅》、《小雅》的并称。

③困心横虑：心意困苦，忧虑满胸。表示费尽心力。

④晋接：接触。

⑤因循苟且：沿袭旧的，敷衍应付。

【译文】

读书就像刺绣一样，在细针用得最多的地方才能显示出工艺的精巧。如果拿过一本书，只是随便胡乱翻上几页，摘抄几个章节，那样你对于这本书整体的结构以及细微处的精辟论述根本不明白。所谓的走马观花，书中真正的好东西无法吸取就是说的这个。做学问没有捷径可走，更不能怀有寻找速成的方法的心思，只有对所学的东西仔细反复思考，那才有学懂悟通的可能。以愚公移山为例，人们并不嘲笑愚公的愚蠢，而是赞誉他有智慧有远见。因此一些自作聪明的人往往耽误了自己，而那些看上去平庸的人反倒更有所作为。徐穆堂、王心庐两位先生我虽然并不熟悉，但却早已经听闻过他们的名声了，我认为他们完全可以做你的老师。两位先生不仅见识广博、文才出众，就是他们淳实宏通的品行也不是你能体会得到的。你应该对他们怀着一种敬畏的心情，不要甘于自暴自弃，怠慢尊长。在师道方面只要你努力一点，就会多学到一点知识；如果是十分的努力，你便会收获到更多的知识。每天规定的课程不可间断，只要你遵照约定限制约束好自己，便会有更多的收益。老师对你严格要求也是你能增长学问的关键，那种敷衍应付的做事态度，不是我愿意听到的。

人贵有志于立言立行立德立功

彭玉麟

吕坤语：贫不足羞，可羞是贫而无志；贱不足恶，可恶是贱而无能。是以立言立行之外，尚须立德立功。人有一技之长以自养，不求人以取辱，便是大丈夫。依赖成性，仰人鼻息①，最可耻。童子鸿不肯因人而炊，便可敬。寥寥此数语，在汝信中见之，使我欢喜。稚年已悟道，他日必能光吾门楣。今特寄汝白银十两，作买书佐读之需。《昌黎文集》全部，每日须看二十页，勿间断。近来世道人心大变，深似《货殖传》所云富者土木被文锦，犬马余肉粟，而贫者短褐②不完，噙菽③饮水。那得不乱！但是经此浩劫之后，贫者行素而易活，富者暴落而难生，嗷嗷之态，更觉可怜。汝必有所警惕矣。

【注释】

①仰人鼻息：仰，依赖；息，呼吸时进出的气。依赖别人的呼吸来生活。比喻依赖别人，不能自主、自立。

②短褐：用兽毛或粗麻布做成的短上衣。指平民的衣着。

③噙菽：噙，含着。菽，豆的总称。噙菽，含着豆子。

【译文】

　　吕坤说过：贫穷并不是羞耻的事情，可羞的是贫穷却没有志向；低贱并不会让人觉得可恶，可恶的是低贱却又没有能力。所以立言立行之外，还需要树立道德，建立功业。人要有一技之长来养活自己，不因为求别人而受到侮辱，这样才称得上是大丈夫。倘若形成依赖的习惯，看别人的脸色，这才是最可耻的。童子鸿不肯依靠别人而做饭，这是很值得尊敬的。这些只是简单的几句话，在你的信中也提到了，这很令我高兴。你这个年轻就已经悟出这些道理，以后一定会有所作为从而使我们家族振兴起来。现在特地寄给你 10 两白银，作为你买书辅助学习的需要。《昌黎文集》全部，你每天要坚持看 20 页，不要间断，近来世道人心大变，很像《货殖传》中所说的那种富贵人家土木都披着纹锦，犬马都吃不了那么多的肉粟，而贫困的人衣不遮体，吃豆子喝冷水。这样的贫富差距。怎能不天下大乱呢？但是经过一番动荡浩劫之后，原本贫困的人行为朴素，易于生活，而从富贵处境衰落下来的人却难以生存，他们那种哀鸣之声更让人觉得可怜。你一定要对这些问题有所警惕才对啊！

学无止境

李鸿章

学业才识，不日进，则日退，须随时随事，留心著力为要。事无大小，均有一定当然之理。即事穷理，何处非学？昔人云：此心如水，不流即腐。张乖崖亦云：人当随时用智。此为无所用心一辈人说法，果能日日留心，则一日有一日之长进；事事留心，则一事有一事之长进。由此而日积月累，何患学业才识之不能及人也。做官能称职，颇不容易。做一件好事，亦需几番盘根错节，而后有成。昔人事业到手，即能处措裕如①，均由平常留心体验，能明其理，习于其事所致。未有当前遇事放过，而日后有成者也。弟于此层最宜留意。

【作者简介】

李鸿章，1823～1901 年，清末大臣、洋务派首领。字少荃，安徽合肥人。道光进士，授翰林院编修。咸丰三年（1853 年）随工部侍郎吕贤基在原籍合肥办团练。1858 年赴江西，入曾国藩幕僚。1861 年冬奉命到庐州编练淮军。此后拜巡抚、升总督、晋大学士、授爵一等伯，任首席封疆大吏兼北洋大臣达 25 年，主持海军衙署达 10 年之久，握清廷水陆兵权，出将入相，位尊名显。与此同时，依靠外国势力开办洋务事业，先后设立江南制造局、轮船招商局、开平煤矿、天津电报局等。著有《李文忠公全集》。

【注释】

①处措裕如：从容不迫，很有办法的样子。处理事情从容不迫。常用来称赞人有办事的才能和经验。

【译文】

学业才识，如果每天不能有所长进，那么就会有所退步。必须每一时刻、每一件事，留心留意，刻苦用力。事情无论大小，都有其存在的一定道理。就事论事，探究它的道理，什么地方不值得学习呢？过去有人说：心就像流水一样。不流动就会腐臭难闻。张乖崖也说，人们应当随时随地运用智慧。这是那些无所用心的一类人的说法，果真能够天天留心周围事物，那么每天都会有长进；事事留心，那么每件事都会有长进。由此而日积月累，还担心学业才识不能超过别人吗？做官能够称职，是一件很不容易的事情，做一件好事，也需要几经周折，这样以后才能有所成就。过去那些事业取得成功的人，处理事情就能随心所欲，应付自如，这都是由于平常留心体验，能够懂得大事理，熟悉那些事情的结果，还没有凡遇到事情就置之一旁，不予理睬，而日后有所成就的人。你在这个方面最应留心注意。

学书法须有恒心

李鸿章

三弟来函，既改习赵字，慰甚。惟以功夫太浅，不能深得其意。此天然之理，不足道。只须有恒，不必多写。多写则生厌，厌则无功。每日临赵松雪《道教碑》三页足矣。尚有一言以相告，临过之后，默思赵字之结构，以指画之，多看亦易进步。所临之字不可废，至朔日①斋集订成一册，以之比较，自有心得。

【注释】

①朔日：中国农历将朔日定为每月的第一天，即初一。

【译文】

三弟在来信中说，已经听从我的建议改习"赵体"，非常令人高兴。只是根底太浅，不能做到深刻体会赵氏书法之真谛。这是很自然的事情，算不了什么大问题，只需长期坚持，持之以恒，并不一定要每天写很多字。写得太多就会有厌恶感，厌恶感一产生，就不会有收获。每天临摹赵孟頫所书《道教碑》三页就足够了。还有一句话要提醒你，临摹一次书法之后，静静思考寻求赵字基本结构，以手指头照样做出重点划记，多看也容易有收益。每次临摹过的字，不可丢弃，到农历每月初一日在书房里汇集装订成一册，彼此比较，自然就会有心得。